中国、花と緑のエッセイ

多田 敏宏
《編訳》
Tada Toshihiro

風詠社

編訳者前書き

この本は、様々な中国人作家が書いた「花と緑」に関するエッセイを集め、翻訳したものである。原作者は死後五十年以上経過している人ばかりだ。中国の法律では死後五十年間は著作権が保護されるので、こうせざるを得なかった。

最近、多くの中国人が来日し、「爆買い」や「日本体験」をしている。また、日本でも中国でも、環境問題や自然保護について活発な議論が行われている。

そのような中、双方の相互理解に役立てば幸いである。

二〇一八年三月十九日

多田　敏宏

目次

装幀　2DAY

〈一〉老　舎（ろう　しゃ）

＊一八九九―一九六六、北京生まれ。
中国を代表する作家。
代表作「駱駝祥子」「四世同堂」など。

「五月の青島」

青島は季節の変化が遅いので、普通サクラは四月下旬に満開になる。桜が咲くと、青島の風や霧は草木の生長を止められなくなる。カイドウ、ライラック、モモ、ナシ、リンゴ、フジ、ツツジなど、みな先を争うように咲き、塀のすみや道端には柔らかな緑の若葉が出現する。五月の青島は、いたるところに花の香りが漂い、早朝になると花売りの声が聞こえる。公園の中は言うまでもない。小さなパンジーとニオイアラセイトウは緑の草地であでやかな十字形の花を咲かせたり、かたまって咲いたりしている。短い緑の生け垣の上には白い花が並んで咲いているが、まるで緑の枝に積もった春の雪のようだ。道の両端の家にも草花は欠かせない。塀が低いので、フジは花穂を塀に沿って外へ垂らし、街へ香りをたなびかせている。八重桜とライラックは塀の外からでも見られる。八重桜のあでやかさとライラックの清楚さは、見る人をさわやかな気持ちにするに十分だ。

山にも柔らかな緑が出現し、マツやヒノキはこれに比べると黒みを帯びて見える。谷にも緑が満ち溢れる。それだけではない。野生の花も咲き誇る。ハナズオウに似た少し青みがかった花を見つけたので、折り取って花瓶に挿しておいた。

青島の人が海を忘れられるはずがない。だが、不思議なことに、五月の海は特別に緑が美しく見える。だから人々は痛快な気分になるのだろうか？　道端の緑葉を見て、それから海を見ると、「春は海のように深い」という言葉が身にしみてわかる。緑、鮮やかな緑、浅い緑、深い緑、黄色がかった緑、灰色がかった緑、各種の緑がつながり、交錯し、変化し、揺れ動きながら、天の果てまで、山すそまで、漁船の外側まで、ずっと続いていく。風も冷たくはなく、波も高くはなく、船はゆっくりと進み、ツバメは低いところを飛ぶ。街の花の香りと海の潮の香りがまじりあって、空中を漂う。海は目の前にあるが、緑は無限だ。まさに、春は海のように深い！　喜びのあまり、歌い、海に飛び込みそうになる。だが沈黙し、心は天の果ての小島へと飛ぶ。目を閉じるとモモの花が見えるようだ。人面桃花相映じて紅なり。きっとこの小島でのことだろう。

この時節、霧が立ったり風が吹いたりすれば綿入れの服を着なければならない。が、ある日突然晴れ渡ると、合わせのジャケットで十分だ。もう冷え込むことはない、と人々は安心するのである。女性たちは最初にこれを知り、すばやく衣替えをし、ずっとそのままだ。海岸では、そよ風が少女たちの髪と服をたなびかせる。わざわざ映画館に行って美しいシーンを待つ必要などなくなるのである！　ここでは春の初めと夏の初めが響きあっている。風には春の寒さが残るが、草花や山、海は初夏のようだ。心は春だが、風景は夏。娘たちは一歩先にそれを出迎え、花と美しさを競い合う。女性の偉大さは、頽廃した詩人にはわからないだろう。

人は草花とともに活力を取り戻してくるようだ。学生たちは特に忙しい。制服を換え、運動会をやり、嶗山や丹山に旅行に行き、労役に服す。当地の学生は忙しいが、外地の学生も見学に来る。数人、数十人、数百人が旗を掲げて、列を作って歩く。男も、女も、教師も、学生も汗だくだが、ちらちら海のほうを見る。学生を除いては、子供が一番快活だ。重苦しい冬服を脱ぎ捨てて、公園の中を走り回る。冬の間はサルはいないが、春になったのでピーナッツをサルにやったり、鹿を見たりする。花びらを拾い、芝生を転げまわる。そんな時お母さんが言う。「あと数日たったら大きくて真っ赤なサクランボが食べられるわよ！」と。

馬車はペンキを塗りなおす。馬はやせたままだが、車両はきちんと整える。ひと夏の商売の準備だろう。ペンキを塗りなおした馬車が街を走るようになると、夏に仕事をする喫茶店やバー、旅館や氷屋も、ペンキ屋を頼んで店をきれいにする。ペンキ屋は忙しくてたいへんだが、各地から来た踊り子たちが道をうろつくようになった。避暑にやってきた外国艦船の乗組員や大金持ちを血眼で探し、「仕事」の準備をしているのだ。海水浴場には人影とボートが目立つようになった。商売は草花より盛んなのだろう。そうなると、青島は青島人のものではないようになってしまう。金を持っている人が威張り、山や海を愛する人はいなくなる。

それならば、できるだけ五月の青島を味わおうではないか！
〈一九三七年六月十六日「宇宙風」第四十三期〉

「ハスの花を食べる」

今年、二鉢の白いハスを植えた。鉢は北平（北京の旧称）で見つけたもので、内も外も緑のコケでおおわれている。少なくとも五、六十年はたっているだろう。土は黄河のもの、水は趵突泉のものだ。ただ、レンコンは食べ残しを使ったので、少し格が落ちる。鉢も土も水も素晴らしいものを使っているのに、食べ残しのレンコンでは申し訳ない。どうか生長して花を咲かせてくれ。それでないと人に済まないではないか！　思いがけなく、茎をのばし、葉をつけ、花を咲かせてくれた。一つの鉢に七つか八つ、白い花だ。花びらの先端が赤みがかったものが二つあったが、ビャクダンの粉を塗ってすべて白い色にした。詩を作ろう。ほかに何ができるだろう。「すらりとして美しい」という言葉を私は七十五回も使っている。私がどれだけ詩を作ってきたか、考えてみてほしい！

それはそれとして。数日たったら、野菜売りが毎日いくつかの白いハスの花を売りに来た。最初はつらく思った。美しいハスの花をナスやトウガンと一緒に置いているのを見て。少し考えて、はっと思った。そうか、済南には名士が多く、自分ではハスを植えない。ハスを買って古い鉢や清水で栽培し、書斎に置いておくのだろう。そうだ、そうに違いない。

それはそれとして。友人と大明湖へ遊びにいく約束をした。友人が「ハスの花を買いにいく」と言ったので、「買いに行かなくてもいいじゃないか。僕の家にきれいなのが二鉢あるよ」と答えた。少し不愉快な気分になり、こころの中で「僕が植えたのは湖のものに及ばないとでもいうのか」とつぶやいた。そのうえ、とても暑かったので、湖まで行くのはくたびれる。家にいて、ゆでた枝豆をつまみに酒でも飲む方がいい。「自分で白いハスを植えた」ことをテーマにして詩を二つ作れば、とても優雅ではないか。友人は二鉢の花を見ながら、うなずいた。私の気分がよくなったのは言うまでもない。「友人も雅がわかるんだ！」と。この「るんだ」という言い方は新しいタイプの詩を作る時しか使ったことはない。が、この時は使わないわけにはいかなかった！　私はあわただしく家のものに枝豆をゆでるよう言いつけ、新鮮なクルミが買えるか確かめた。その後書斎に詩の原稿を探しにいった。友人は花の前にたたずみ、美しさを味わっているんだ！

それはそれとして。書斎から戻って、見ると、鉢の花は、しおれかけたもの以外、友人が全部もぎ取っていた。私は突然暑さに当たったみたいになった。天地が回り、声が出なかった。でも、友人はとても喜んでいた。「これだけあれば十分だ。湖へ買いにいく必要はない。入口の野菜売りのところにもあったけど、湖のものほど新鮮じゃない。君の物はあまり柔らかくはないが、使えるよ」と言いながら台所に入った。「田さん」と私の執事兼コックの名を呼び、「これをゴマ油で揚げてくれないか。外側の古い花びらはいらない。

内側の柔らかいものだけだ」と言った。田さんは私が北平から呼んできた人なので、私と同様済南の習慣はわからない。ゴマ油でハスの花びらを揚げるのは何かの漢方薬の処方だと思ったみたいで、「どんな病気を治すのですか？　やけどですか？」と尋ねた。友人は笑って言った。「やけどを治す？　食べるんだよ！　とてもおいしいよ！　野菜売りが売っているのを見なかったのかい？」

それはそれとして。いや、もう何もない。詩の原稿は燃やしてしまったので、ここには掲載できない。

〈一九三三年八月十六日「論語」第二十三期〉

「春が来て広州を思う」

私は花が好きだ。気候や水や土壌の関係で、北京で花を育てるのは、とてもむずかしい。冬は寒く、庭には花を置けないので、屋内に移すしかない。冬が来ると、私の家の中は花が人より多くなる。

しかたがない！　屋内で花を育てるのは、かごの中で鳥を育てるのと同じで、一生懸命に世話をしても、あまりうまくいかない。花室を建てるしか、問題を解決するすべはない。が、私の小さな庭には、そんなスペースはない。

屋内の半病人のような花を見て、すぐに美しい広州を思い出した。去年の春節の後、広州に一か月ほどいたではないか。ああ、本当に素晴らしいところだった！　人は情熱的で、花も情熱的だ！　街角や路地裏、庭の中や塀の上には、百花が咲き乱れ、客を歓迎している。まさに「友と交わり花を見るのは広州が一番」だ！

広州で私が滞在した家屋の門の向かいにポインセチアが生えていた。軒と同じくらいの高さで、目を奪うほど赤い花を咲かせていた。いつも小鳥が数羽、花の茂みにもぐり込み、ハチのように蜜を吸っていた。本当に美しい！　ひまさえあれば、私は段の前に座り、それらの花と小鳥を見ていた。私の家にも、ポインセチアがあるが、三尺足らずで、鉢植えだ。秋になると休みを取り、冬の間は眠り続け、目を覚まさない。端午節の前後になると、小さいちっぽけな花を咲かせるが、小鳥を友とするほどのすぐれたものではない！　今、それは部屋の中で居眠りをしている。私と同様、故郷の広州をなつかしんでいるのだろうか！

春が来ても、花を育てるのは容易ではない。早めに庭に出すと、風や霜にやられる。出さないと、小さくて弱々しい茎や葉しか育たず、不健康だ。これでは花を咲かせることもできないので、イライラする！

やっとのことで春が来て、鉢を庭へ運んでも、うまくいかないことがある。庭が狭く、風を通さないので、多くの花が病気になるのだ。とくに、ハクモクレン、クチナシ、ジャスミン、キンカン、ツバキなどの南方から来た花は、そうだ。葉が落ち枝が枯れて、ひっそりと死んでいく。そこで、私は決めた。これらの名高い花を買うときは、長生きはしないものと思い定め、できるだけのことをする。幻想を抱かなければ、枯れたときに涙を流して心を傷つけることもない。同時に、キョウチクトウなどの丈夫な草花を多めに育てて、いつも眺めていればいい。

夏、北京の陽光は強すぎて、雨はなかなか降らず、たまに降れば防げないほどの大雨だ。これでは草花の生長に不利である。

秋はかなりいい。しかし、突然冷たい風が吹くが、これは防ぎようがない。かれんな花に大きなダメージを与える。そこで、一家全員で、屋内へと運び込む。部屋はみな植木鉢でいっぱいになり、人が出入りするときは、つまずかないよう注意しなければならない！

広州の友人たちが本当にうらやましい。庭の中も外も、四季花が咲き、それぞれすぐれたものばかりだ！　ハクモクレンは十メートルくらいの高さになり、幹は私の腰より太い！　英雄のような気概を持つキワタは、天へ向かって、赤くて大きな花を咲かせる。なんという勢いだ！　カイドウやアジサイのような普通の花でも、たくましく茂り、豊かに花を咲かせる。花は小さくても気迫は小さくない！　ほら、冬でも、窓の外にはボケの実が累々となっているではないか！　比べ物にならない！　花を思い出すと、友人たちのことも思い出す！　友人たちよ、詩を作ればいい！　詩想のあふれる環境にいるのだから！

春節が来た。友人たちよ、花が咲き、長生きすることを祈る！　新春おめでとう、仕事がうまくいくように！

〈一九六三年一月二十五日「羊城晩報」〉

「花栽培」

私は花が好きだ。だから花栽培も好きだ。だが、まだ花栽培の専門家にはなっていない。研究と実験の時間がないからだ。花栽培を生活の中の楽しみにしているに過ぎない。咲いた花が大きかろうが小さかろうが、良かろうが悪かろうが、気にしない。ただ咲いてくれれば、うれしい。私の中庭は、夏になると花や草でいっぱいになる。運動する場所がなくなるので、猫は家の中で遊ぶしかない。

花の数は多いが、珍しいものはない。珍しい草花は栽培が難しい。花が病気で死んでいくのを見るのは、つらい。北京の気候は、花栽培には、あまり向いていない。冬は寒く、春は風の吹く日が多い。夏は、ひでりでなければ大雨だ。秋が一番いいが、突然霜が降りる。こんな気候で、南方のいい花を育てるような腕前は、私にはまだない。それゆえ、育てやすい、自分の能力の範囲内の花だけを栽培している。

しかし、成り行きに任せ、ほうっておくだけでは、大部分の花は死んでしまう。毎日世話をし、良き友人のように親切にしなければならない。だんだんと、こつがわかってきた。曇りを好むものは、太陽の照るところにおいてはならない。乾燥を好むものに、水をやりすぎてはならない。こつを覚え、花を育てる。これは面白い。ましてや、数年育ててきたものが花を咲かせれば、どれほど楽しいだろう！　でまかせではなく、これは知識だ！知識を重ねるのは、悪いことではない。

私は足が悪い。立つのも座るのも不便だ。私に世話をしてもらって、花たちは感謝しているのかどうか、知らない。だが、私は花たちに感謝している。仕事でいつも字を書いている。中庭に行って草花に水をやったり、植木鉢を運んだりしてから、部屋に戻って再び書き始める。しばらくたつとまた中庭に出る。これを繰り返せば、頭脳労働と肉体労働を共にやっていることになり、心身に有益で、薬を飲むより効果的だ。暴風雨が突然起きれば、一家総動員で草花を救助するが、とても緊張する。数百鉢の花を猛スピードで屋内に運び込むと、足腰も痛み、汗だくになる。次の日、天気が良くなると、また花を運び出す。再び足腰が痛み出し、汗だくになる。だが、これはとても意義のあることだ！　労働しなければ、花も育てられない。これが真実ではないというのか？

牛乳を配達する同志が門を入ると「いい香りだ！」とほめるが、一家全員誇らしく思う。ゲッカビジンが咲くころになると、友人を数人招いて、夜、花を共に楽しむ。ゲッカビジンはいつも夜に花を開くのだ。一株を数株に分けて、何人かの友人に贈呈する。友人が自分の労働の成果を持っていくのを見るのは、特別にうれしい。

当然、つらいこともある。今年の夏だった。三百株の菊の苗がまだ地上（植木鉢に移す前だった）にあったとき、大雨が降って隣の家の塀が倒れ、三十種百株以上の菊の苗が押しつぶされてしまった。数日間、一家全員に笑顔はなかった。

喜びも憂いもあり、笑いも涙もあり、花も果実もあり、香りも色もある。労働は必要だが、それだけ知識も増える。それこそが花栽培の楽しみだ。

〈一九五六年十二月十二日「文芸報」〉

〈二〉朱　自清（しゅ　じせい）

＊一八九八―一九四八、浙江省紹興生まれ。
北京大学卒業後、清華大学中文系教授に就任。
詩人、エッセイスト。
代表作「雪朝」「踪跡」など。

「月光・ハス池」

ここ数日イライラしていたので、庭のベンチに座って夕涼みをしていた。ふといつも行くハス池を思い出した。この満月の光の中では、いつもと違った様子になっているだろう。月はだんだん高くなり、塀の外の道の子供たちの笑い声も聞こえなくなった。妻は部屋の中で子をやさしくなでながら、子守唄をうたっている。私はそっと上着をはおり、門の外へ出た。

ハス池に沿って、石炭屑を敷いた道が曲がりくねっている。静かな道だ。昼でも人は少なく、夜になるとなおさら寂しくなる。ハス池の周囲には、樹木が生い茂っている。道のわきには、シダレヤナギと名前を知らない木が生えている。月明かりのない夜は、この道は薄暗くて、少し不気味だ。でも今夜はとてもいい。月光はまだ淡いが。

道には私一人が、手を後ろで組んで歩いている。天地が私一人のもののようだ。ふだんの自分を超越して、別世界に行ったみたいだ。にぎやかなのも好きだが、静かなのも好き。群れているのもいいが、一人でいるのもいい。今夜は、蒼茫たる月の下でただ一人。何を考えてもいいし、考えなくてもいい。自由だ。昼間にしなくてはいけないことや、話さなければならないことは、今は構わなくていい。これが一人の良さ。果てなきハスの香りと月の光を味わっていればいいのだ。

曲がりくねったハス池の上は、見渡す限り青々とした葉。葉は水面から高く出て、踊り子のスカートのようだ。茂った葉の中に、白い花がたおやかに咲き、恥じらうようにつぼみを開いて、引き立てている。まさに真珠の一粒、碧天の星、風呂上がりの美人だ。そよ風が吹くと、清らかな香りが漂ってくる。まるで高い建物から聞こえてくるはるかな歌声のようだ。このとき、葉と花に稲妻のようなふるえが走り、瞬時にハス池の向こうまで走っていった。葉自身は、青緑の波が固まったかのように、びっしりと並びたち、その下の流水は見えない。でも、美しい。

月光は流水のように、葉と花の上を静かに流れていく。かすかな青い霧がハス池の上に立ち始めた。葉と花は乳に洗われたように、薄絹の夢に覆われる。満月ではあるが、薄い雲が出ているので、そんなに明るくない。でも、それがいい。ぐっすり眠ることも必要だが、うたたねにも別の趣があるではないか。月光は樹木をとおして照る。高く茂っている灌木は、黒い影をまだらに落とし、妖怪がそびえているようだ。シダレヤナギのまばらに揺れる影は、ハスの葉に描いた美しい絵のようだ。池に映る月の光は薄かったり、濃かったり。でも光と影の調和のとれた旋律は、バイオリンで奏でる名曲のようだ。

ハス池の周囲は、遠いところも近いところも、高いところも低いところもすべて樹木で、シダレヤナギが一番多い。木々は幾重にもハス池を囲み、小道の脇にだけ、いくらか隙間がある。月光のためにとっておいたように。木々は一様に薄暗く、靄のようだ。でもシダレヤナギのあでやかな姿は、靄の中でもわかる。梢の上には遠くの山がぼんやり見える。木々の隙間に街灯の明かりが一つ二つ見えるが、精彩がない。眠たくてたまらない人の目のようだ。一番にぎやかなのは木の上のセミの声と水の中のカエルの声。だが、にぎやかさは彼らのもので、私には何もない。

ふと、ハスの実を採る話を思い出した。江南の昔からの習俗で、ずいぶん前からあり、六朝時代に盛んだったようだ。詩歌を読めば大体のことはわかる。ハスの実を採るのは少女で、小舟をこぎ、恋歌を歌いながら採った。ハスの実を採る人については多くを語らず、まず見てみよう。それはにぎやかで、また風流な季節でもあった。梁の元帝が「採蓮賦」で見事に描いている。「美しい少年とあでやかな少女、揺れる小舟で気持ちを交わす。小舟はゆっくり、二人は盃を交わす。小舟をこごうと思ったら、そこには水草。小舟は浮草を分けて進む。か細い足と腰は純白の薄絹の中、体を動かし忙しい。この娘は春から夏への変わり目だ、葉は柔らかく、花は開いたばかり。実を採るときにしずくが薄絹を濡らすをおそれて微笑み、船が傾きすそを濡らすをおそれて、薄絹をからげる」

当時の笑い戯れる様子が目に見えるようだ。これは本当に趣き豊かなことだが、残念ながら今ではもう見られない。

そして、「西州曲」の一部を思い出した。「秋の南の池で少女はハスの実を採る。ハスの花は人の頭より高い。頭を下げて水中のハスの実をさぐる。ハスの実は湖水のように清い」。

今夜誰かがハスの実を採るなら、この池のハスの花は「人の頭より高い」ことになる。ただ、水の流れが見えないのが残念だ。江南が私の頭に浮かんだ。

考えながら、ふと頭を上げた。自分の家の門前だった。門を軽く押し開けて入ると、何も聞こえない。妻はすでに熟睡していた。

〈一九二七年七月〉

「花を見る」

長江の北岸の都市で生まれ育った。そこの庭園はもとより著名だが、数は少ない。「今日一緒に花を見にいこう」という言葉は、幼い頃からほとんど聞いたことがなかった。花を愛する気風が盛んではなかったのだろう。花の好きな何人かの人はみな植木鉢に花を植え、その鉢を棚に置き、棚を庭に据えていた。庭は例によって狭く、棚は一つしか据えられなかった。だから、せいぜい二十鉢くらいしか置けなかったのである。庭の塀のそばに「花の台」を築いて、花の咲く木を植えることもあった。庭の地面に植えることもあった。だが、これは普通の飾りで、「花を愛する」というほどのものではない。

家族は花があまり好きではなかったようだ。私たちを連れて街を歩いていた時、父が一回か二回偶然に「花屋」に寄っただけだ。私たちの住んでいた家には小さな花園があったが、それは家主のものだった。そこには木も花（フジの花だったと思う）もあったが、当時は幼かったので、それらの名前を知らなかった。塀をつたい上がっているのがバラだったことしか覚えていない。花園には太湖石でできた洞門があった。今よく考えてみると、なかなかいいものだった。当時私はわんぱくな子供の使用人に連れられてそこに行ったことがあるが、走り回って蝶を捕まえること以外に興味はなかった。花をいくつかつまみ取ったが、適当にもみつぶして捨てただけだった。

小学生だったある春の日、友達が市外のF寺まで桃をただ食いに行こうと提案した。喧嘩をしてもかまわないということだった。五四運動のはるか前だったが、私たちの町の中学生はしょっちゅう芝居小屋でただ見をしていた。中学生がただで芝居を見てもいいのなら、小学生がただで桃を食べてもいいじゃないか？　そう考えて、提案者が十数人の同級生を糾合し、堂々と市外へ向かった。F寺につくとすごい勢いで道人たち（寺で働く労働者を私たちは道人と呼んでいた）を怒鳴りつけ、桃園へ案内させた。道人たちはためらいながら、「桃は花が開いたばかりだよ」と言った。でも、だれも道人たちの言うことを信じなかった。

とうとう桃園にたどり着いたが、みんながっかりした。本当に花が咲いていたのだ！　このとき提案者のP君が花の枝を折りに行った。道人たちはそれについていって、手を使ってでもやめさせようとした。だが、P君は仲間内で最も気が荒く、「言ったらすぐやる」というタイプだったので、あっという間に花を折り取り、道人は傍らでよろよろしていた。その桃園の花は考えてみれば見る値打ちのあるものだったが、私たちは誰も見ようとは思わず、「桃がないのなら茶を淹れろ！」とわめくだけだった。道人たちは非常にやり切れない思いで私たちを「方丈」へ連れていき、みんなに大きな碗で茶を飲ませた。これで気が収まり、談笑しながら町へ帰った。当時私はクチナシの花を愛することしか知らず、木に咲く桃の花のことは何もわからなかったのだろう。それゆえ眼前の機会を、みすみす逃してしまったのだ。

その後花を描いた詩をだんだん読むようになり、花を見るのもすこぶる面白いと思うようになった。だが、北平（北京の旧称）で数年勉強していた期間は、崇効寺に一度行ったきりだった。それも行った時期が早かったので、あの有名な緑のボタンはまだ咲いていなかった。北平は花を見る気風が旺盛で、場所もとても多かった。しかし、当時熱心だったのは一部の名士や詩人だけで、他の人はかかわらなかった。まさに新文学運動が台頭していた時期だったので、私たち青年は、古い詩や一部の名士、詩人を見下していたのだ。その上花を見る場所は遠くにあったので、怠け者だった私は花を愛する気持ちを捨ててしまった。

その後杭州で仕事をするようになったが、そこでY君に出会った。彼は新しい詩も古い詩もやり、花を見るのも好きだった。私と彼はよく孤山へ梅の花を見にいった。孤山の梅花は今も昔も有名だが、数が少なかった。そして湖水に面しておらず、人も多かった。あるとき、放鶴亭に座って茶を飲んでいると、ひげを生やし、サテンの羽織を着た人が湖南なまりで「梅の花が満開だ！」と叫んでいた。「満」を特に強く言っていたので、私は驚いた。だが、私が驚いたのは「満」という声だけで、満開かどうかはどうでもよかった。

別の時、Y君が「霊峰寺には梅が三百株ある。寺は山の中で、人は少ない」と言いに来た。私とY君、N君は西湖で船を雇って岳飛の墓まで行き、そこから山に入った。曲がりくねった道を歩き、長い石段を上がると、やっと山上の寺についた。寺はとても小さく、梅花は大殿の西の庭にあった。庭も大きくはなかった。東の塀の下に部屋が三間あり、茶を飲みながら花を見るのにおあつらえ向きだった。山の上には小さな建物があった。確か「望海亭」と言ったと思う。海はともかく、銭塘江と西湖は見えた。梅の木は確かに少なくはなく、隙間なく整列していた。そのときはもう夕方で、私たち三人しか寺にはいなかった。花はまだ咲いていなかったが、真珠のような星のようなつぼみは、十分美しかった。孤山の満開の梅よりも味わいがあると、私たちはみな思った。大殿ではちょうど勤行をしており、読経の声と梅のかすかな香りがまじり、帰ってしまうのがもったいなかった。庭の中を散歩し、部屋に少し座ってから、暗くなり、月もなかったので、古い提灯を寺で借りて、道を照らしながら山を下りた。道に迷いそうになり、二、三度犬にかまれ、詩人のY君はきまり悪そうにしていたが、やっと岳飛の墓にたどり着いた。船頭は遠くから迎えに来て、「帰ってきたんだな。大丈夫だと思っていたよ！」と言った。船では、霊峰の梅の花についてずっと話し続け、やっと湖岸の電灯の光が目に入ってきた。

Y君は北京に行き、私も白馬湖に行った。そこは田舎で、湖とシダレヤナギの間に小さな桃の木が並んで植えられていた。春に花が咲くと、風の中で美しく微笑んでいた。そこの山にはツツジの花も少なくなかった。こういう日々を送っていたので、「花を見にいこう」などともっともらしく提案する者はいなかった。が、S君という花を育てるのが特別好きな友人がいて、家で年中花に囲まれていた。彼の家に行くと、はさみで枝を剪定しているか、花に水をやっているか、どちらかの姿が見られた。私たちはいつも楽しんで見ていた。彼の庭には美しいサルスベリが一株あり、何度も花の傍らで酒を飲んだ。白馬湖に住んでいたのは一年に過ぎないが、彼の花好きが私にもうつってしまった。しかし再び北平に戻り、花を愛する人の多い清華園に住み、三度春を過ごしたが、見にいこうとは一度も考えなかった。二年目の秋に、孫三さんと一緒に園で何度か菊の花を見ただけだ。「清華園の菊」は著名で、孫三さんはわざわざ文章を書き、絵も何枚か描いている。だが、一つの植木鉢に一本の花という育て方は、花そのものはいいが、天然の趣に欠けるように思う。

去年の春になって、少し暇ができたので、花の咲く前に、先に人にいくつかの花の名を尋ねた。誰かと良き友達になろうと思ったら名前を知ることから始めるものだ。花を見るのも同じだと思ったのである。ちょうどY君がよく園に来ていたので、私たちは一日に三、四回花の下を徘徊した。今はY君が少し忙しくなったので、私一人で行っている。花の茂ったアンズ、風にたなびく桃の花、びっしりと珠のように咲いたサルスベリが好きだ。花だが、いちばん心惹かれるのはカイドウの花だ。カイドウの花はびっしり咲いているのもいいし、そうでないのもいい。とてもあでやかだが、放埒さがまったくない。まばらな高い幹の英気は、しとやかに迫ってくる。が、残念ながら月光の下で見たことはない。王鵬運は、「淡い月光の下ではカイドウの花を十分味わえないかもしれない、そよ風が吹いて潮のように起伏するその姿を」という言葉を残している。私は月下のカイドウのこういう光景に憧れているのだ。

カイドウの花を見るために、二日前、強風が吹いているというのに私は町中の中山公園に行った。花を見る人は少なかったが、どういうわけか畿輔先哲祠へ行くのを忘れてしまった。Y君によれば、その祠には庭の大部分を覆っているカイドウの木があるという。他の場所のものは上に伸びていくが、そこの木は横に伸びているらしい。もちろん花は茂っているとのことだ。カイドウには香りがないのを、昔の人は残念がっていた。が、このカイドウは花は盛んに咲き、淡い香りを醸し出して、いつまでも飽きないという。Y君はあの大風が吹いた日の夕方に行ったそうだが、花はもう散っていたらしい。北京で花を見るには、のんびりしていてはいけないと彼は言った。春は短いが、晴れは多い。今年は曇りが多かったが、大風は逃れられない。だからこそ、北京で花を見るのは他地方で見るより面白い、と私は言った。その瞬間、私は詩人の端くれになれたのかもしれない。

〈一九三〇年四月〉

「緑」

二度目に仙岩に行ったとき、梅雨潭の緑に驚いた。

梅雨潭は滝つぼだ。三つある滝の中で、一番低いところにある。山道を歩いていると、ざあざあという音が聞こえた。顔を上げると、湿った黒い岩の中に、白く輝く水の流れが目の前に現れた。先に梅雨亭に行った。梅雨亭は滝の向かいにある。そこに座っていると、顔を上げなくても、全体が見えるのである。この建物の下、深いところに梅雨潭がある。突き出た岩の一角に建てられ、上も下も「空」だ。鷹が翼を広げ、天を舞っているようだ。三面が山で、人は井戸の底にいるような気がする。秋の薄曇りの日だった。かすかな雲が上空を流れ、岩肌と草むらは水にぬれてつやつやしていた。滝の響きは格別だった。上から下に落ちた水がいくつか大小の流れに分かれている。一筋の滑らかな流れではない。急流が岩角に当たるたびに、砕けた玉のようなしぶきが飛び散る。きらきらと輝き、遠くから眺めると、小さな白梅が小雨のように舞う姿に見える。ここから梅雨潭という名前がついたそうだ。だが、柳の綿にたとえるほうがいい。そよ風にまかせて、一つ一つ飛び散る。まさに柳の綿ではないか。この時、たまたまいくつかが私たちの暖かな懐に跳び込み、もぐっていった。そのままにしておいた。

梅雨潭のきらめく緑は私たちをひきつけた。離れたりくっついたりする有様をとらえようと思った。草をつかみ、岩に沿って、注意深く下り、アーチ型の石門をくぐると、緑水をたたえる滝つぼにたどり着いた。滝のすぐ近くだ。だが、私の心の中には滝はもうなかった。私の心は滝つぼの緑とともにゆらゆらしていたのだ。人を酔わせる緑よ！　とても大きな蓮の葉を広げたような、尋常でない緑だ。両腕を広げて抱擁したい。なんという妄想だろう。水辺に立って眺めると、少し遠い感じがした！　その広がった、厚みのある緑は、確かにいとしい。絹でできた模様入りの若い女性のスカートの裾のようだ。ときめく初恋の乙女の心のように、軽やかに舞っている。油を塗ったかのようにつややかに輝き、卵白のように柔らかくてみずみずしい。今まで触れた最も柔らかい皮膚を思わせる。穢れに染まらず、温潤な碧玉のように清らかだ。だが、そのすべてを見通すことはできない！かつて北京の什刹海で地をはらうような緑の柳を見たが、淡い黄色もちらつき、薄味な感じがした。杭州の虎跑寺の近くで高くて深い「緑の壁」もみた。緑の草と葉が尽きせぬほど重なり合っていたが、これは濃すぎる気がした。西湖の波は明るすぎるし、淮河は暗すぎる。いとしきものよ、僕は君を何にたとえればいい？　君をたとえることなどできようか？　滝つぼがあまりに深いので、これほどの尋常ならざる緑を中に抱いているのだろう。紺碧の空を溶かし込んだからこそ、このように鮮やかでみずみずしい色合いになったのだろう。人を酔わせる緑よ！　もし君を帯にできたなら、僕はそれを軽やかに舞う乙女に贈ろう。風にたなびく姿が見られるだろう。君を掬いあげて目にできたなら、僕はそれを歌の上手な盲目の乙女に贈ろう。美しいまなざしでほほ笑むだろう。僕は君から離れられない。どうして離れられるだろうか。君に触れ、君を撫でたい。十二、三歳の少女のように。君を掬いあげて口に入れれば、キスをしたことになる。君に「女の子の緑」という名前を贈ろう。どうだい？

二度目に仙岩に行ったとき、梅雨潭の緑に驚かざるを得なかったのである。

〈一九二四年二月〉

「春」

待ち望んでいた、待ち望んでいた、東風が吹いて、春の足音が聞こえてきた。

すべてが眠りから覚めたばかりみたいだ。楽しそうに眼を開けている。山は潤いを増し、水はかさを増し、太陽は赤くなり始めた。

小さな草がこっそりと土の中から出てきた。若くて柔らかい緑だ。ほら、見てごらん。庭にも畑にも野原にも、いっぱい広がっている。座ったり、横たわったり、ごろごろころがったり、ボールを蹴ったり、かけっこをしたり、鬼ごっこをしたりしている。風は軽やかで、草は柔らかい。

桃の木と杏の木、梨の木が、互いに負けじと満開の花を咲かせた。赤い花は火、ピンクの花は夕焼け、白い花は雪だ。花から甘い香りがする。目を閉じると、木いっぱいに桃や杏、梨の実がなっているようだ。花の下には、ミツバチがいっぱいぶんぶん飛んでいる。大小のチョウも行ったり来たりしている。いたるところ、野の花だ。いろいろな花が咲いている。名前のあるのもないのも、草むらの中に散らばっている。まるで目や星のように瞬きをしている。

「面を吹けども寒からず楊柳の風」。

そのとおり。母の手のように風は人をなでる。風は新しく掘り返した土のにおいをもたらし、緑の草のにおいと各種の花の香りがそれに混ざって、かすかに湿り気を帯びた空気の中でまじりあう。鳥は茂った花と若葉の中に巣を作り、澄んだ声でさえずって友を呼び、抑揚の美しい曲を歌って、さわやかな風とせせらぎに呼応する。牛にまたがっている牧童の笛の音も一日中響き渡る。

雨はもっともありふれたもので、一度降り出すと二、三日続く、でも、思い煩うことはない。見てみよう。牛の毛のような、刺繍の糸のような、細い絹のような雨がびっしりと斜めに降り、人家の屋根の上で薄く煙っている。かえって木の葉の緑は輝きを増し、草の青さも目に迫ってくる。夕方になって明かりがともると、黄色くてぼんやりした光が静かで平和な夜を際立たせるのである。田舎では、細い道や石橋の近くを傘をさした人がゆっくり歩き、畑では蓑をつけ笠をかぶった農民が働いている。彼らの家はまばらに建ち、雨の中で沈黙を保っている。

空を舞う凧がだんだん多くなり、地上の子供たちも増えてきた。都市でも田舎でも、どの家でも、老いも若きも、急いでいるように一人一人が出てくる。体に活を入れ、元気を奮い起こして、自分の仕事をやりにいくのだ。

「一年の計は春にあり」だ。はじめのうちは時間も希望もある。春は生まれたばかりの赤ちゃんのように、頭から足まですべてが新しく、生長している。春は若い娘さんのように、美しく着飾り、笑いながら歩いている。春はたくましい青年のように、鉄のような腕や足腰を持ち、私たちを前へ導いているのである。

〈一九三三年七月〉

〈三〉郁 達夫（いく たっぷ）

＊一八九六―一九四五、浙江省富陽生まれ。作家、詩人。東京帝国大学に留学。代表作「沈淪」。

「超山の梅」

杭州に旅行に来る人はみな、交通と時間の関係で、西湖一帯の山に登って景色を見、二、三日まわって、竹かごや紙の傘などのみやげを買い、あわただしく帰っていく。それで雅を尽くして世俗の汚れを洗い去り、杭州の風光を味わったと思っているのだ。一般の人が知っているのは三竺六橋、九渓十八澗、西湖十景、蘇小小と岳飛くらいだ。杭州から数十キロ北東の山水は、今では訪れる人は少なく、あまり話題にもされないようである。

しかし古代はそうではなかった。少なくとも清朝の乾隆、嘉慶、道光の三皇帝は、今から百余年前、杭州人のよく行く西渓に名残を惜しんだし、半山の桃の花や超山の雪を見にいった。当時は杭州と他都市の交通ルートは水路で、嘉興や上海から杭州に行くには、運河を通らねばならなかったのが、その原因だ。船が塘棲に入ると、両岸に山影が見える。ここに来ると杭州から他所へ行く人は、惜別の思いを増し、他都市から杭州に入る人は、まさに山紫水明の地の外廓を見るのである。それゆえ、塘棲や超山、独山などの地は杭州を旅する人の記憶の中心になった。

超山は塘棲鎮の南、旧日仁和県（現在は杭県に併合）の北東三十キロにある永和郷にそびえる。海抜二六五メートルで周囲は十キロだ。周囲の山から超然としているので、その名がついた。

以前は超山に遊びにいくには、湖墅か拱宸橋から船に乗り、水草をかきわけ、あちこちまわらねばならなかった。今は、自動車道路が開通したので、車で清泰門から東へ、喬司までまっすぐ向かい、そこから西へ臨平鎮を過ぎて、臨平山の北西を五キロほど行けば、到着する。「小紅低唱し、我簫を吹く」というような船のみやびな趣は、いまでは自動車のオイルに粉々に破壊されてしまった。だが、船で行くと、自動車の五倍の時間がかかってしまうのである。

車は臨平鎮を過ぎたが、そこは釈道潜の「蒲をふくこと猟猟として軽柔を弄び、立たんと欲する蜻蜓自由ならず。五月臨平山下の路、藕花無数汀洲に満つ」という詩で有名だ。そして超山の北面の塘棲鎮は南宋の隠棲道士や明の末から清にかけての別荘で有名、塘棲と超山の間の丁山湖は、風光明媚な山水と魚や果樹で名を知られている。昔の文人や詩人が、杭州の東部に赴いたとき、超山の名を詩や歌に残していたのも無理はない。

超山のふもと、塘棲あたりの住民は、水郷の近くで、あぜ道が広くないので、すべて果樹栽培で生計を立てている。春夏秋冬、ウメやサクランボ、ビワやサトウキビを産出し、一年で百万元くらいの金額だ。それゆえ超山一帯の梅林は、おびただしい数になったのである。行きずりのよそ者からすれば、住民たちの高尚なる趣味としか見えない。妻をめとらず、修行に明け暮れる生活だ、と思ってしまう。実際は梅林によって生計を立て妻子を養っていることなど、思いもよらないのである！

超山の梅花は、立春の前後に咲く。幹はとても太く、枝は周囲に広がり、坂道にびっしりと生えている。それぞれの梅林に千株くらいの木が生え、一株に一万前後の花が咲く。それゆえ、花開いたときは、五キロも離れた臨平山の山すそまで香りが伝わり、高所から眺望すると、雪の海のようだ。近年木の数が少し減ったが、ここと比肩できるのは羅浮の仙境だけだろう。

杭州から超山へと車で走ると、臨平山を過ぎたあたりで、両端に梅林が見えるようになる。最も多く梅が生えている観梅の景勝地は、バス停の西南、超山の北東側の山すそにある報慈寺（大明寺とも言う）の前面だ。周夢坡が建てた宋梅亭を数キロにわたって梅の花叢が取り囲んでいるのである。

報慈寺の大殿は、数年前寺の敵に壊された。その時焼死した和尚が一人、建物の東にある石碑の下に埋葬されている。だが建物の後ろ側には、呉道子が描いた大士像の石碑をしっかりとはめ込んだ壁が、揺るぐことなく立っている。去年私が行ったとき、大殿修繕の布施を寺僧に請われた。その東側には、三間の部屋の建物がすでに建てられていた。建物の後ろ側は火災でも焼けなかったという。和尚は壁にはめ込まれた大士像の石碑を指さして、「すべて観音様のおかげです！」と言った。

大明寺のいわゆる宋梅は、老いてくねくね曲がり、根元には樹皮だけが残って、中はからだった。上部は複雑に枝分かれしていた。

人に折られないように、木の周囲を金網で覆っていた。当然老木で、少なくとも私の倍以上の年齢だろう。だが、宋時代の梅かどうかまでは私には断定できない。去年の秋、天台山国清寺の伽藍の前で、いわゆる「隋梅」を見たことがある。また、おととしの冬、臨平山のふもとの安隠寺でいわゆる「唐梅」も見たことがある。でも、隋とか唐とか宋とか言っても、しょせんは「いわゆる」だ。本当はどうなのかは、植物考古学の専門家に聞かなければならない。

大明堂を出て、梅林をつき抜け、西側に呉昌碩の墓のある石畳の道を上がっていく。超山山頂への道だ。道中ずっとまばらな林が続く。一株か二株の木が忘れられたかのように紅白の梅花を咲かせ、墓もいくつかある。それらにいざなわれて登り、山の中腹にある竹林に接した真武殿（俗称中聖殿）の外にたどり着くと、超山の「超」たるゆえんがだいぶわかる。そこから東西北の三方を眺望すると、果てしなく広がる湖水と曲がりくねった川筋、無数の果樹と絶え間なく続く丘、池の両側に点々としている人家、こういう塘棲一帯の水郷の全景が鳥瞰できるのだ。

中聖殿から再び石段を上がり、黒竜潭を過ぎて一キロほど歩くと、山頂に着く。上聖殿に着いていないのに出現した天然石でできた門に、まず腰を抜かす。ここに来てやっと超山独自の素晴らしさがわかる。「山には石の魚や石のタケノコがあり、人や動物にそっくりの石もある」という古書の記述が嘘ではないことが実感できるだろう。実際、超山の良さは、山頂のこれらの石にあるのだ。ふもとの多くの梅の花や東方に見える大海、南方の銭塘江の眺望、きちんと整った田畑、曲がりくねった川筋、広がる麻や桑の畑、雲つくほどの大木。これらのものは、臨平山や黄鶴峰などの杭州東部の高所ならどこでも見られるもので、超山独自の絶景ではない。

もし超山に行ったなら、三キロ北にある塘棲鎮にも寄るべきだろう。そこの川で遊覧船に乗ったり、果樹の下を駆けたりする。こんなに楽しいことはない。両岸の人家を眺めながら川を行くのである。丁山湖を過ぎると、東に独山が見える。ここで南宋の滅亡に思いをいたすのもいい。福王がここにいた時に過ごした酔生夢死の生涯、明清時代の大金持ちの庭園や別荘と豪華な建造物、康熙帝や乾隆帝の数度の巡幸。「芙城賦」を読んだような感慨が湧くこと、請け合いだ。

塘棲鎮は川をまたいで両岸に広がる。川の南は杭州に属し、北は徳清に属している。小さな町だが、市場の繁盛や料理屋の多さという点では、ほかの田舎町より上だ。それゆえ、超山に遊び、山上で質素な食事を食べたくない人は、塘棲鎮で思い切り飲み食いすればいい。山のふもとから自動車道路に戻って車で塘棲に行くのも便利だ。だが、ここは道を歩いたり船に乗ったりする方が楽しい。

〈四〉許 地山（きょ ちさん）

＊一八九三―一九四一、台湾生まれ。
作家、学者。燕京大学文学院を卒業。
代表作「落花生」「インド文学」など。

「梨の花」

少女たちはまだ園の中で遊んでいた。小雨がしとしと薄絹の服を濡らすのにもかまわずに。池のほとりのナシの花は雨に洗われて、白さと清らかさを増していった。だが花はみな物憂げにこうべを垂れていた。

姉が言った。「見て！　花が疲れて眠そうだわ！」

「私が揺り起こしてあげる」

姉の言葉を待たずに、妹の手が木の枝をつかみ何度か揺さぶった。花びらと水滴が次々と落ちてきて、地面を銀色にした。とても面白かった。

妹が言った。「面白いわ。花びらは枝を離れると、動き出すのね！」

「動き出すって、何よ？　見て、花の涙がみんな私の体に落ちてきたわ」。姉はいくぶん怒気を含んで言って、妹を少し押した。姉は続けて言った。「もうあんたとは遊ばない。ここに一人でいなさい」

妹は姉が立ち去るのを見ながら、木の下でぼんやり立っていた。しばらくすると、お母さんがやってきて、彼女の手をひき、歩きながら言った。「見なさい、服がみんな濡れちゃったわ。雨の日なのに、何回着がえるつもりなの。乾かしてもらう太陽なんて、どこにもないじゃない！」

落ちてくる花びらは、彼女たちの靴に踏まれて泥の中に入ったものもあり、妹の体にくっついて、一緒に行ったものもあった。池に浮かび、魚がくわえて水の中に入ったものもあった。多情なつばめが休まずに靴跡の花びらと柔らかな泥を一緒にくわえ、梁へと運んで、愛の巣を作った。

「春の林野」

山々に囲まれていたので、春の陽光が届くのは遅かった。桃の花はまだ咲いていた。薄い雲が、この峰からあの峰へと、ゆっくり移ろったり止まったりしていた。太陽を避けるためだろうか、地面の草花は木陰で光線から隠れていた。岩陰と谷川のわきには、ワラビやホウビソウが茂っていた。赤や黄色、青や紫の花が緑の草地に彩を添えていた。

空にはヒバリ、林にはウグイス。一生懸命さえずっている。そよ風がそのさえずりを、山の中のいろいろな生き物に送り届けている。桃の花はうっとりとそれを聞き、ピンクの涙をひとひらひとひら、地に落とした。草花もそれを聞いて大喜び、さえずりのリズムとともに倒れたり起きたり、ずっと騒がしい。

数人の子供たちが桃の落ちた花びらを拾っていた。チンちゃんが突然叫んだ。「あ、ヨンちゃんが来た！」。子供たちは手を休めて、桃林の果てのほうを見た。果たして、ヨンちゃんが草花を摘んでいた。

チンちゃんが言った。「今日はトンちゃんを試してみよう。もしトンちゃんがうまくできたら、花びらで首飾りを作ってトンちゃんに捧げ、親分になってもらおう」

みんな承諾した。

トンちゃんはヨンちゃんの前まで歩いて、「待ってたんだ」と言った。

トンちゃんは左手をヨンちゃんの首に回して、歩きながら言った。「今日、君は僕の奥さんになるんだ。友達が嫁入り衣装を作ってくれた。僕と結婚するかい？」

ヨンちゃんはトンちゃんをにらんで、振り返ってトンちゃんを押しのけた。トンちゃんの手も首から振り払った。子供たちは笑いが止まらなかった。

子供たちは叫んだ。「ヨンちゃんは押しのけたぞ！　トンちゃんが勝ったんだ！」

ヨンちゃんは今まで人を拒絶したことはなかった。トンちゃんがそんなことを知るはずがない。ああいう話をしたら、すぐにヨンちゃんに押しのけられた？　揺れる春の光が、トンちゃんの思いをあふれさせたのか？　天地がそういう思いだったのか？

見て！　薄い雲は相変わらず、この峰からあの峰へと、ゆっくり移ろっている。

聞いて！　ヒバリとウグイスの歌声は相変わらず空と林に満ちている。山々に囲まれた桃林の中、あの騒ぎが好きな子供たち以外は、すべてが春の光を味わい、うっとりしていた。

〈五〉孫　福煕（そん　ふっき）

＊一八九八―一九六二、浙江省紹興の人。
エッセイスト、画家。
一九一五年浙江省省立第五師範を卒業。一九二〇年フランスへ留学。
新中国成立後は人民教育出版社、北京編訳社の高級編集者を務める。
代表作「山野掇拾」など。

「清華園の菊」

帰国の途中、国に帰ったら中国の花や鳥を描こうとたびたび計画していた。強い情熱を持っていた。思いがけないことに、中国に帰ってから、意に沿わないことが続いた。私が怠けていたせいなのだが、中国の花や鳥は中国の人と同様簡単には親しくなれないことが、大きな原因であったと思う。現在は多くの菊の花と親しくなり、六十二種類の菊の絵を描いた。意外にも希望を実現することができたのだ。

佩弦先輩の招請を受け、初めて清華学校に遊んだ。佩弦先輩と澳青さん、一公さんの三人がねんごろにもてなしてくれ、とてもいい印象をもった。帰国の途中で渇望していた中国式の風景の中の中国式の人情というものを、濃厚に味わえたのだ。そのうえ三人はフランス流のエスプリとユーモアも豊富に持ち合わせていた。これに出会ったのは帰国してから初めてだった。

こういう環境の中、私はフランスの友人を思った。彼らもエスプリとユーモアに富み、中国の風景と人を愛していたからだ。彼らへの手紙の最初に「菊を見ている」と書いた。実際、彼らに見せるためにできるだけ多くの菊の絵を描いたのである。そして、菊を見るためには、清華に行く必要があった。

電灯の光の下、和気あいあいと話したが、科学館や公事庁、古月堂などは秀麗な菊の花でいっぱいで、私の清華に対する印象に美しさを添えた。しかし私が清華で見た菊の大部分はここではなく、西園にあった。

広大な西園には葉が半分黄色くなった大小の柳が並んでいた。かつて想像したことすらなかった美しい景色に期待を寄せながら、曲がりくねった道を歩いた。水田のわきに来ると、アシはすでに黄色くなっており、スズメたちが飛んでは、また地面に下りたりしていた。まがきが続き、木の門を開けて入った。畑のうねがきっちり並んでいたが、その中に北側が高くて真ん中を掘り下げ、上半分をアシのすだれで覆ったところがあった。多くの菊の花がそのすだれから外に顔を出していた。ああ、私の心に花が咲いた！

だが案内人はここでは足を止めず、前面の草ぶきの小屋に入っていった。その小屋は南向きで、三面は土の壁だった。掘り返した畑の土を使ったのだろう。南から、日光が射し込んでくる。一歩一歩土の階段を下りていくと、きちんと高低をそろえた部屋いっぱいの花が突然私の心に映った。私は驚きのあまりあえいだ。初めて群衆の前で演説するときよりてれた。演説を聞く人の気持ちは容易に推測できる。私と同様の人間だからだ。だが菊の花は違う。菊の花が全力を尽くしてそれぞれの特長を表現しているのを見ると、大多数の人ほど浅薄ではないのがわかる。私の醜さをどうやってあざ笑ったらいいのか、知らないのだろう。が、気持ちを落ち着けると、部屋に満ち溢れた荘厳さとやさしさを察することができた。花は私を受け入れてくれたのだ。空気が穏やかに清らかに流れ、様々な香りが漂ってきた。葉が私にはためき花が私を見ていたのは言うまでもない。帰国する船の中で中国の花や鳥を描きたいと渇望していたが、それが夢ではなかったことが証明されたのである。

画具を持っての二度目の清華訪問の時、菊の花と再会したが、様子がいくらか変わっていた。半開きのものは大きく開き、いくつかの花びらは少し垂れ下がっていた。私は焦った。菊の花との得がたい縁を大切にし、できることなら両目で別のものを見て両手でそれぞれ絵を描きまくりたいとさえ思った。

しかし、初めて愛する人を抱擁するときのかゆみにも似た微妙な気持ちを私はあえて信じる。心は気持ちの良い恐れで満たされ、すぐに慰めを得たいと思っているのだが、愛する人を冒涜してしまうのではないかと心配する。恋い慕う花をどうやって描けばいいのか！　所有するわけではないが、今後この花は永遠に私の画紙に保存される。このことの意味を私は深くかみしめた。でも、どうやって紙に移し替えるのか？　そっくりに描くのは無理だと、九分九厘思う。百回も二百回も筆を振るって絵を仕上げていく中で、一度や二度のミスはよくあることだ。が、時間は切迫しておりためらっている余裕はない。百回、二百回の中で絶対にミスをしないよう注意しなければならないのだ。初めて愛する人を抱擁するとき、その後の交際に汚点を残さないか人は心配するだろう。これはその心配より甚だしいものだ。時間が切迫しているので焦っている。が、愛するがゆえに簡単に手を付けられない。筆を執ってもなかなか描けないでいた。

大きなところから始めようと何度も思ったが、細かなところを愛好する自分の性質は簡単には変えられないようだ。千変万化し奇に奇を重ねた二百種類以上の菊の中で、私が最初に描いたのは「春水緑波」だった。真っ白な花がつややかな緑の葉の上に咲いているだけで、十分に美しい。こまかなすじを持つ花びらが黄色の花芯を抱いて四周へと開く。その軽やかで柔らかな起伏は揺れるさざ波のようだ。冒涜を恐れずに言うが、花にはほこりがついていた。どんなほこりがついていても、その純白を損なうことはない。それが花の本性だからだ。矜持を持たなくても人は自然に仰ぎ見るのであり、外部の汚れが真実を害することはないのである。私は心を尽くして味わい、その姿を八分くらいはモノにできる自信があった。だが失敗した。紙に描いたものが鉢の中のものに及んでいないことは明白に見て取れた。このような燦爛たる花を画紙に描くのは自分には無理ではないかと心配していたが、失敗したからと言って気持ちが軽くなったわけではなかった。

すまない気持ちと恥じらい、失望が静まると、僥倖に恵まれた花は私の作画を見ており、真の姿を描き出せなかったからと言って私のことを怒っているわけではないと思えてきた。ほかの汚れたものと同様、私も花を損なうことなどできないのだ。花の寛大さと沈黙する姿を見て、「恥じらう必要はないし、失望などもってのほかだ」と花が私に教えているのではないかとまで思った。花のこのようなそぶりには何か意図があるのだろう。花の沈黙の心を学んでいると、自然に勇気が湧いてきて、私は絵を描き続けた。

これらの多くの種類の菊は私にとって目新しく、愛慕に値するものだ。切迫する時間の中でできるだけ多くのものを描きたいのだが、最初にどの品種を描けばいいのか？ それぞれの花に紙のふだがつけられ、品種の名が書いてある。「夕陽楼」は丈が高くて花びらが広い。内側が赤くて外側は夕焼けのような色だ。「快雪時晴」は直径が一尺で、巨大な雪の玉のように銀色にきらめいている。「碧窓紗」は姿は細くて色は黄緑、まるですだれのように細やかだ。「銀紅竜須」は細いが力強くやわらかな赤い芽を見せている。……見渡す限り性質の異なる美しさを持つ菊の花で、すべての事物と同様、どれが一番でどれが二番か、私は決められなかった。どれを先に描くかも決定できなかったのである。そこで優劣という観念を完全に消した。灯台のようにくるくると見て回り、ひとつずつ描いていくことにした。

高くて大きな枝の上に、深紅の花びらが黄色い花芯を囲んでいる。まさに「暁霞捧日」という名にぴったりだ。その赤い色は私の哀れなパレットの色の調合ではとても出せない。この世のあらゆる形と色を拒んでいるが、誰かに追いかけられるのは好きなのだろう。少年はこの性質を学んだのだろうか。難しいなぞなぞをどんどん出し、人が当てるととても喜ぶ。

これらの菊の花の世話をしている楊さんと魯さんに礼を言わねばならない。そしていろいろな経験を教えてもらいたいと思ったので、ある先輩を通じて頼んでおいた。四時を過ぎると、太陽がだんだん傾き、部屋の片すみを照らすのみとなった。かすかに寒くなっていく中、私は忙しく絵を描いていた。ほとんど聞き取れないほど緩い足音が近づいてきた。私のそばに来た時に顔をあげて見ると、これらの菊の花を植えた楊寿卿さんだった。

眉目は上下を分かたず、その細やかさと穏やかさを表していた。軽々しく歯を見せぬ唇から、静かで我慢強い人となりが見て取れた。こめかみから口や鼻へと続く細かな筋は十分に鋭敏で、その知恵を表現していた。楊さんは愛する菊の花を指さしたりなでたりして、育てた経験を語ってくれた。

菊栽培を始めてから五年になるというが、清華で学校事務に従事しているときにやりだしたそうだ。「毎日の仕事が単調で辛いので、菊を植えているのです」と彼は言った。苦労を紛らわせるために力を尽くして菊を栽培しているが、それは苦労ではない、もっともだ！

彼が感じている菊の花を思い描こうと必死になったが、なかなか難しい。彼は菊が芽を出したときからずっと見ているのである。どんな肥料を使えばよく育つか、どの程度の雨水や日光が適切か、など好みまで知っている。その上、今年の花と以前の花との比較もできるのだ。私は素人なので、色や形を見て花を識別するのは下手だ。が、彼は花が咲いていなくても、葉の一部分を見れば品種がわかる。家族や友人なら足音を聞いただけで誰かわかったり、物を動かした方向を見ただけで誰が来たのかわかるのと同じだ。

楊さんは毎日四時にきちんと来た。かわいた鉢にじょうろで水をやったが、私に新しい知識を注いでくれた。今までは菊は挿し木ができることしか知らなかった。接ぎ木をすればよりよく咲き、ひまわりに接ぎ木をすれば、ひまわりのように大きな花が咲く、という程度の知識だった。今は、種をまいてもいいことを知っている。挿し木だと元の枝と同じものしかできないので、新しいものがほしければ、種をまくしかない。

不思議なことがある。十種類の異なる品種の種をまけば、十種類の異なる花が育つが、すべてがいいわけではない。今年は四百の新種を試したが、採用されたのは二十数種だけだ。どういうものが採用されなかったのか？　花びらの大きさが不ぞろいで美の基準に合わず、「ものにならなかった」品種である。「ものにならなかった」原因はいろいろな花粉が混じりすぎたことなので、人工交雑法を用いなければならない。

「紫虬竜」のような美しい花も交雑によって生まれた。細くて長い「喜地泥封」と曲がった「紫気東来」を交雑して、まるで軍用ラッパのような、細長くて曲線も持つ品種を作り出したのである。両親が紫なので、当然紫色だ。両親の色がもし異なっていれば、新しい品種はどちらかの色になるか、双方の中間の色になり、かけ離れた色には絶対にならない。

無限の変化の中にも若干の規律があるので、交雑には制限もある。花びらの太さが異なるものを交雑すると乱れたものができるので、同じ太さのものを選ばねばならない。

花室では、さまざまな姿の二株を一組にしていた。楊さんは来るたびに、紙切れを持ち、それぞれの組で花粉を移し変えていた。種ができるまで時間がかかり、次の年の二月にならないと収穫できないそうだ。この種は同じ年には花を咲かせないだろうと思っていたが、そうではなかった。四月にまくと、最初は弱々しいものの、六月を過ぎれば挿し木と同様、一丈以上の高さにまで生長するのである。新しい品種は必ず大きな花を咲かせる。古い品種である「天女散花」や「金連環」のように永遠に高くも大きくもならないものとは異なる。が、一年目の花はいつも一重で、以後、年とともに増えていく。そしてはじめのうちは花の形状も変わりやすい。一年目はそろっていたが次の年には崩れる、という具合だ。数年たって徐々に固定していくのである。

私は「大富貴」がとても好きだ。今「素帯」と交雑を行っている。牡丹は「富貴の花」と呼ばれている。しかし、「大富貴」という名ではその特徴を存分に表せない。「牡丹」という名に変更すべきだ。牡丹の持つすべての美徳を併せ持つからだ。草ぶきの小屋の天井に届くほど生長し、花の直径は一尺を超える。開いた花びらは、小鳥の巣にも、きらびやかな一対の蝶のしとねにもなる。見上げては、こんなに豊かできらびやかな心を持ちたいものだと思う。カラシナの種のように小さなつぼみが一尺を超える花を咲かせるとは、少数の経験者以外は、誰も想像できないだろう。今、ミツバチが飛び回って祝いを述べている。花は黙ってはいるが、ミツバチの厚意を楽しんで受けている。

楊さんは毎晩「牡丹」の花粉を「素帯」に移し変えている。北京の人がいつも着る青い中国服を着ているが、色とりどりの花の中でも決して見劣りしない。育てた菊が輝きを与えているのだ。私は来年の新たな品種の誕生を予測し、期待して、楊さんと魯さんに「お二人は毎年新鮮な色の菊を生み出しておられます。私の哀れなパレットで全力を尽くして色を調合し、追随したいと思います」と約した。「牡丹」も「素帯」もこれ以上はないほどに美しいのだが、来年、より美しい新種が生まれるという。私は本当にあこがれた。こういう「絶妙」を全力を尽くして大衆に表現するのが、我々芸術家の「天職」だ。それができなかったときは、自己を超越するしかない。私はそれで満足はしないが。

人々から離れ一人花室の中にいると、おそく来て帰っていく水鳥の孤独な鳴き声や枯れたアシの葉が風にそよいで出す音、花室の天井のかすかなざわめきが聞こえてくる。孤独な水鳥や枯れたアシに比べて、私には希望があるのだろうか？　見渡す限りの菊の花は私の師匠であり、よき友でもある。菊の花は他の草花とは異なり、寒さに耐えて、消えることのない壮麗なイメージをこの世に残す。今描いている「趵突噴玉」は、細長くてロケット花火の放射のようだ。純白だが光り輝き、屈強だが、物柔らかな姿をしている。私は教訓をもらった。

楊さんとともに菊の花を植えている魯璧光さんは、楊さんと同じく舎務部で仕事をしている。毎日正午の休み時間に、交代で世話をしに来る。魯さんが数人のお客さんを連れてきたことがある。私が描いた数枚の菊の花の絵をお客さんと一緒に見ていたが、絵の下に書いた品種の名を見ずに当てていき、「品種がわかるほどそっくりに描くのは容易ではありません」と言った。過分な誉め言葉とも思ったが、まさか似ていないのではないか、とも思った。中国に私ほど多くの品種の菊を描いた人はいない、菊に感謝しているが菊自身にとっても得難いことだ、と思っていた私は、誇りを感じていた。

出発の前夜、私は楊さんに別れの挨拶を言いにいった。楊さんは人が将棋を指すのを見ていた。この時の対話で私は多くの見識を得た。彼が「北京に菊の画集を作成した人がいます」と言ったので、私は全神経を集中して聞いていた。彼は話し続けた。「お父さんと娘さんで作成したものです。精密に描かれており、葉脈までそっくりです。葉は品種によって異なるので、花よりも重要なのです。花も年によって様子が違うので、一年だけではうまく描けません。自分で植えてその年の花がきれいに咲いたかどうか判断し、それから描くのです。そのお父さんと娘さんは自分たちで花を植え、五年かけて画集を完成したのです」。自分の菊の絵は空前のものだと思っていた私は、愚かな自己満足を心から恥じた。どこに行けばその画集が見られるのか聞きたいと思ったが、あえて急がず、間接的に「その人はなんとおっしゃるのですか？」と私は尋ねた。

「蔡さんと言います」

「楊さんはその方をよくご存じなのですか？」

「そんなに親しくはありません」

「見せていただくようご紹介をお願いしたいのですが」

「私も一枚見ただけですが、とても精密で、見事なものでした」

楊さんは幼い頃から花を植えている。お父さんが花が好きだったのだ。三代続けて菊を植えているという。

自らを高尚で万能だと思っている人間は、なぜいつも厭うべき思考を持ち、こんな肉体と精神でろくでもない古臭いものを生み出すのか？　菊は小さなつぼみを開き、目新しくて変化に富んだ花を咲かせるが、それは人の想像の及ぶところではなく、模倣のできるものでもない。ある品種は花びらがトウモロコシのひげのように細く、散らばっている。その美しさを形容するすべがなかったので、「棕櫚拂塵」という生気のない名前を付けるしかなかった。玉のように白く、きらきらと光を反射し、ハスのように広い花びらを持つ品種は「銀蓮」と名付けられたが、これは他の自然植物の名を借用しているだけだ。これ以上のいい名前を思いつかないのだろう。

不思議なことに、他の品種との違いを際立たせるためか、笑いたくなるくらい変わったものもある。「黄鵞添毛」という品種は、ガチョウのような色で、驚いたガチョウの首のように花びらが曲がっている。花びらには毛が生えており、本当に驚いて毛を立たせているように見える。最初の標題の絵がそうだ。「黄鵞添毛」という名前は好きではないので「小鵞」に換えておいた。面白い名前のものは多く、この点では西洋の花の名を上回っているが、不正確なものもある。そのうえ菊を植えた人が勝手に名前を付けることもあるので、人と話す際には不便だ。科学的に名称を選択し、それを使用していけば一番いいのだが、それには精密で豊富な菊の画集が必要だろう。

中国は滅びるかもしれない、どうして戦わないのか、と言う人がいる。閉じこもって勉強することこそが国を愛することだと言う人もいる。私が菊の絵を描き、つまらないメモを書くことに時間を費やしていることを知れば、この二種類の人は厳しく叱責するだろう。最近の中国が急病人のような状態であることは私も知っているので、それは責められない。武を用うべき地で英雄にあらざるは、武を用うべき地のない英雄より悲しいことだ。現在の中国の世論は楽しく勉強することを許さず、人が足りないから軍隊に入れと言っている。実際私には菊の花を描くことしかなく、他人に批判されることはない。他人は好まないが自分の好む菊の花を老いるまでずっと描き続けるべきだと、自分に言い聞かせている。他人が好まないものを学ぶのが好きなのだが、これは私の長所だろう。

二十七年生きてきたが、以前はこれほど多くの菊の花やその性質を知っていただろうか？　自分が知らないことは、まだまだあるのだ。菊の花に関することでも知らないことがたくさんあるので、じっくりと力を尽くして研究していきたい。宰平さんは古琴について話をしたとき、北京にはいろいろな専門家が多いと言った。だが、その専門家たちは残念ながらあまり語らないので、知るすべはない。そうだ。この豊富な群衆の中で私たちは寂しさと渇きを感じているが、私たちに付き添い、潤いを与えてくれる人を知らないのである。菊以外のことでも知識を増やし、生活を理解できるようになろうと、私は決意した。

〈「北京乎」一九二七〉

〈六〉徐　蔚南

（じょ　いなん）

＊一九〇〇―一九五二、江蘇盛沢の人。作家。日本に留学し、慶応大学を卒業。代表作「山陰道上」「都市の男女」など。

「快閣のフジの花」

小雨が細かく降り、退屈で仕方がないときに、「花間集」にはさんであった小さくてひからびたフジの花を見つけた。色もあせ、香りも消えていた。あ、フジの花だ！　いとおしい！　白や薄紫の君の姉妹たちのことも懐かしんでいるよ。あの園で一晩冷たい雨に降られたけれど、今朝も相変わらず元気かい？

ああ、フジの花よ！　いつもこの詩集にいるんだね。先週快閣を遊覧した時の記念に入れておいたんだ。

快閣は陸放翁が酒を飲んだり詩を作ったりした住まいで、町の二キロほど西南にあり、風光の美しい鑑湖のほとりに位置している。去年の初秋と寒い時期に行き、先週訪れたのが三度目だ。一回目と二回目は大して印象に残っていないが、今回は違った。快閣の風物それぞれに強い印象を受けた。もっとも忘れがたいのが、園の中の二つのフジ棚だ。

快閣は湖をのぞんだ場所に建っているが、窓を開けて眺望すると、遠くには緑の山並み、近くには湖を隔てて畑が見える。その畑は赤と黄色と緑の三色だ。赤はレンゲソウの花、緑はエンドウの葉、黄色はアブラナの花である。それぞれが互いに引き立てあい、この世のものとは思えないほど美しい。東を向くと、林の中に塔がぼんやりと見え、舟のかいの音や漁歌が湖面から聞こえてくる。晴れの日はもとより素晴らしいが、雨の日も深い味わいがあり、詩人はここにいれば退屈することはないだろう。放翁自身も「橋は虹のごとく、水は空のごとく、葉がひとひら霧雨に舞い、天は我を放翁と呼ぶ」と言っているくらいだ。

そう、確かに天は彼を放翁と呼んだ。

快閣には、前と後ろ、二つの花園がある。前の花園は塀で二つに仕切られ、前半分は築山、後半分は小さな池だ。池にはハスが植えられている。夏になると赤や白の花が水面を覆うほどに咲き、独特の趣を見せる。池の前に春花秋月楼があり、扁額に「飛躍処」と書いてある。これは魚のことを言っているのだが、実際は池の中には小さな魚しかいない。跳ねるのも無理なのに、どうやって「飛躍」するのだろう？

園の中のツツジは鮮やかだが、山中の野生のものには遠く及ばない。

池のほとりから北に向かうと、すぐ後ろの庭に着く。後ろ側の庭に足を踏み入れると、フジ棚が一つ目の前に現れた。このフジはまさに満開で、重なり合って棚から垂れているのは、ことごとく花だった。

花芯は黄色で、花びらは真っ白、そして厚みがあるようだった。そして、無数のミツバチが花の上下左右をぶんぶん乱れ飛んでいた。蜜を採っているのだろうか？　ダンスをしているのだろうか？　花と戯れているのだろうか？

咲き乱れている花と一群のミツバチを見上げた。これらの無数の白い花は純粋無垢な少女だ。つつみかくすところなく互いに抱きあい、体を寄せ合い、戯れている。これらの無数のミツバチは少年だ。少女たちに歌や音楽を聞かせている。彼らは恋をし、心ゆくまで陽春を楽しんでいる。青春と恋愛しかない楽園を作り出しているのである。

こういう想像は私だけのものではない。これらの無数の花とミツバチを見れば、だれでも神秘的な思いを巡らすだろう。一緒に行った方さんもこの光景を見ると手をたたき、低く垂れた花に熱いキスをして、「鮮やかで美しい！　鮮やかで美しい！　この花を摘んで耳の上に飾りたいわ！」と言った。

この白のフジ棚から十数歩のところに短いナナミノキが生えており、エンドウの区画を過ぎると、またフジ棚がある。が、ここのフジは薄紫色だ。白いフジと比べると、それぞれに美しい。しかし、私個人は、薄紫の方が好きだ。薄紫を目にすると、心が静かで穏やかになり、美酒を飲んで夢の世界に入ったような気になるからだ。

不思議なことに、ここのフジ棚にはミツバチが一匹もいなかった。落ちた花びらが地面に薄く積もっていた。ここの花の青春はもう過ぎ、ミツバチも去ったのだろう。

棚の下の石の腰掛に座って、花がひとひらひとひら舞い落ちるのを見ていた。花も人に愛を求めているのか、ひとひらが軽やかに膝の上に落ちた。うつむいたときに首にひやりとしたものを感じたが、それも花だった。眉に落ちたり、足元に落ちたり、肩に落ちたりしてきた。軽やかで柔らかく、香気あふれる花の雨の中、眠りそうになった。突然、「キョッキョッ」という変な声が聞こえてきた。夢から醒めたように周囲を見回し、とても驚いた。すぐに「キョッキョッ」がまた聞こえた。

方さんが「キツツキですよ」と言った。

帰り際、薄紫のフジから離れられなかったので、地面からひとひら拾い上げて「花間集」に挟んでおいた。人も静まる夜中、それを取り出しては黙って眺めている。

郵便はがき

料金受取人払郵便

大阪北局
承認

53

差出有効期間
2020年1月
31日まで
(切手不要)

553-8790

018

大阪市福島区海老江5-2-7-402

㈱風詠社

愛読者カード係 行

<table>
<tr><td>ふりがな
お名前</td><td colspan="3"></td><td>明治 大正
昭和 平成　　年生　　歳</td></tr>
<tr><td>ふりがな
ご住所</td><td colspan="3">□□□-□□□□</td><td>性別
男・女</td></tr>
<tr><td>お電話
番　号</td><td></td><td>ご職業</td><td colspan="2"></td></tr>
<tr><td>E-mail</td><td colspan="4"></td></tr>
<tr><td>書　名</td><td colspan="4"></td></tr>
<tr><td rowspan="2">お買上
書　店</td><td rowspan="2">都道
府県　　　　市区
郡</td><td>書店名</td><td colspan="2">書店</td></tr>
<tr><td>ご購入日</td><td colspan="2">年　　月　　日</td></tr>
</table>

本書をお買い求めになった動機は?
1. 書店店頭で見て　2. インターネット書店で見て
3. 知人にすすめられて　4. ホームページを見て
5. 広告、記事(新聞、雑誌、ポスター等)を見て(新聞、雑誌名　　　　)

風詠社の本をお買い求めいただき誠にありがとうございます。
この愛読者カードは小社出版の企画等に役立たせていただきます。

本書についてのご意見、ご感想をお聞かせください。

①内容について

②カバー、タイトル、帯について

弊社、及び弊社刊行物に対するご意見、ご感想をお聞かせください。

最近読んでおもしろかった本やこれから読んでみたい本をお教えください。

ご購読雑誌（複数可）	ご購読新聞
	新聞

ご協力ありがとうございました。

※お客様の個人情報は、小社からの連絡のみに使用します。社外に提供することは一切ありません。

〈七〉盧　隠（ろ　いん）

＊一八九八―一九三四、福建省閩侯県出身。本名は黄淑儀。北京高等女子師範卒業。五四時期の著名な作家。氷心、林徽因と並び「福州三人才女」と称される。代表作「霊海潮汐」「曼麗」など。

「窓外の春光」

数日間太陽を見なかったので、彼女の心は重苦しさに覆われていた。今朝、夢から醒めて目を開けると、まばゆい陽光が一筋、赤い壁を照らしていた。彼女は急いで上着を羽織って窓まで歩き、花の影がこぼれているカーテンをあけた。数日前に植えたソシンランが花をいくつか咲かせていた。淡い緑色の花びらに朱色のしべが映え、とても美しかった。まさに「氷のように清らかな花に、赤いしべがあでやかさを添えている」状態だった。同時に、すがすがしいかすかな香りが心をさまし、単調な周囲を波立たせた。春の神の薄い翼が、世界中のよどんだ魂を揺り動かしたのだろう。

喜びか悲しみかわからないが、彼女は心がいっぱいになった。いくつかの過去への思いのため、彼女の心は落ち着かないのである。本来人生とは夢のようなもので、過去の生活においていくつかの夢がぼんやりとしたものになっていた。かつては彼女が悲しんだり涙を流したりした思いも、今ではほとんど消えてしまっている。たとえ消えていなくても、心の中での色合いは変化している。かつてはとても重大だったことが、今では幼稚でおかしなことにも思えるのだ。

ソシンランの清らかな香りに覆われ、ミツバチが数匹ぶんぶん飛んでいるのを見て、彼女は深く意識した。窓の外はすでに春の光が満ち溢れていると。同時に二十年前の夢の影が、心の奥底からよみがえってきた。

わずか十歳の子供だったが、性格が変わっていたので家の人に理解されず、刑務所のような教会学校に寄宿させられた。そこの校長は五十歳のアメリカ人のオールドミスで、子供たちを異常なほど厳しく管理し、その荘厳な建物からの外出を許さなかった。周囲の環境も異様に味気なかった。庭は砂があるだけで、その隅には子供たちに踏みぬかれた深い穴があり、穴の中には人体の骨格が横たわっていた。木も花もなかったので、鳥のさえずりを聞くことも永遠になかった。

春風が子供たちの寂しさを憐れんだのだろう。春の雨が降った地面には、甘辛い味の根を持つ草が何本か生えた。子供たちはいつも腹ばいになって、その根をかんだ。春が子供たちに与えた特別な恩恵といえるだろう。

その孤独な子供は、こういう陰鬱で冷ややかな環境の中でより強情になり、友達もいなかった。彼女の小さな心は世界が何かも知らず、世界を評価することもできなかった。が、彼女は自分のいる世界は味気ないものと感じ、別の世界を追求していた。春の風が最も強く吹いたとき、彼女の心はいっそう希望に燃えたが、その刑務所のような学校の真っ黒な大門は固く閉ざされたままで、門の隙間から外の世界を見ることさえ、夢でしかなかった。

そこで放課後、彼女は一人で倉庫へと駆けていった。そこは陰鬱で不気味なところで、壁は石の板で作られ、屋根は冷たい大きな石の板でふかれていた。中に入るなり冷気がおそってくるが、死んだように沈んだ校舎よりはいくらか神秘的だと、彼女は感じていた。最も彼女をひきつけたのは、いくつかの小さな窓だった。窓の外は花園だったのだ。この日、彼女は、窓の前のコチョウランとシナレンギョウが満開に咲いているのに気づいた。彼女にとって大きな誘惑だった。この窓の外の春の光を見つけてから、この孤独な子供の心にも光り輝く花が咲いた。彼女は毎日猫のように、時間さえあれば、体を曲げて倉庫の窓のところで腹ばいになり、窓の外の神秘の世界について幻想を展開させていた。

彼女には哲学者のような豊かな根拠に基づく想像もなかったし、科学者のような理知的な頭脳もなかった。彼女の小さな心は、天から与えられた熱情に突き動かされているだけだった。自分がいる倉庫はすべてが冷たいこの世で、窓の外の世界は違うのだと彼女は感じた。そのすべては美しく、調和がとれ、自由だ！ 彼女は外の神秘の世界にあこがれた。小さな魂は春風とともに飛び回った。自分が蝶になり、美しく咲いた花の中を飛び回っているように感じたこともある。小鳥になって空へ飛び、やわらかくて白い雲の上で気持ちよく寝ているように感じたこともある。彼女は一日中ほおづえをついて身じろぎもせず、陶酔しきっていた。夕日が山の後ろに隠れ、大地に夜のとばりが下りてから、やっと彼女はふしょうぶしょうにその魂の休息地を離れ、なじめない宿舎へ帰っていった。

彼女は春が終わるまで、毎日そこに通っていた。ある日、コチョウランとシナレンギョウの花が落ち、深緑の茂った葉が薫風の中に揺れているのを彼女は見た。その時、彼女は訳がわからず涙を流した。この子は本当に変わっている。十歳だから長い将来があるのに、春の花が落ちて緑の葉が繁茂するのをどうしてそんなに悲しむのか？　でもその子供は幼い頃から変わっていた。だから家の人に捨てられ、社会にも捨てられたのだ。子供の頃、彼女は夢の中にしか慰めと楽しみを見いだせなかった。ずっと現実世界のすべてを否定してきたので、ついに常軌を逸した孤高の人になってしまったのだ。彼女の三十年の歳月の中、これらの夢のかけらだけが彼女の生命をつないできたのである。

陽光は徐々にソシンランの上に移っていった。目の前の窓外の春光は、彼女の幼い頃のあこがれを思い出させた。彼女は深くため息をついて、言った。「現実の世界は欠点だらけ！　春の神様が創造してくださった美しい瞬間を、醜く覆い隠してしまう。夢のような慰めさえないというのなら、人はどうやって命を長らえさせるの？」

窓外の春光が永遠にこの世にとどまるように！　彼女は敬虔な気持ちで祈った。ソシンランは彼女の気持ちを理解したかのように、うなずいた。

〈一九三四年「人間世」四月五日第一期〉

〈八〉林　徽因（りん　きいん）

＊一九〇四―一九五五、福建省閩侯県の人。建築家、作家。ペンシルベニア大学美術学院卒業。天安門人民英雄記念碑の設計に参加。

「クモの糸と梅花」

二筋のクモの糸だった。枠から軽やかに梅の花へとのびていた。二筋の細い糸が陽光に輝いていた。もっと多ければ、さまになっていなかったかもしれない。モダンな家庭なら、昼間からクモの巣がちらつくのを容認しないだろう。それがどれほど美しくて奥深く、細やかで、自然という造物主のすばらしさと不可思議さを連想させるほどのものであったとしても。この二筋の糸は本来は赤面するほどのものだ。冬にしては多いし！　しかし、明るく細やかで、銀にもガラスの糸にも似ているそれは、厭うべきものでは全くない。ことに自然でみやびやか、こころもち斜めに梅花の枝にかかっているそれは。

その糸を見てみよう。冬の太陽が部屋の中を照らし、窓辺が明るく机の上もきれいだ。つぼみの、咲いた状態の、半咲きの梅の花が美しく香り、うっとりとした情緒が胸にあふれ、その刹那を震わせる。クモの糸のように細くて頼りない思いが、広がっていく。過去から未来へと。意識的に、あるいは無意識に。枠のところの梅の花から宇宙へ。浮雲や波のように。ヒューマニティーなのか、芸術なのか、哲学なのか。考えている暇はない。情緒が満ち溢れ、思想が駆け回り、クモの糸と梅の花は瞬時に千里を行く！

クモだったら、どうだろう。周りに自分の巣があり、細やかに天地をけん引している。雨風も恐れず、この命の基本の活動を止めることはない。まさに、「斜めの枝は生き生きとし、花のかすかな香りに陶酔する」だ。

梅の花から見ればどうだろう。ひとつらなりの赤い花芯が力強い枝を飾っている。最もいとおしむべきものだ。咲きかけの花を枝のあちこちに見ると、胸がドキドキする！　梅の花は咲いてしまったら終わり。話すことはなくなる。いっそのこと落ちてしまったほうがいい。夜の炉のように、しみこんだ香りがひんやりとしたもの寂しさをたなびかせるから。思い出した。梅といえば、ハクモクレンだ。ハクモクレンがちょうど咲き終わったとき、友人が初恋をした。毎日が温かく、湖のほとりに住んでいた。毎晩湖のわきの道を駆け、石の上に静かに座って向こう岸の灯を眺めていたという。

これだけ敬虔で透き通った緑の冬の星だけが、心の中の情緒をぎゅっとつかみ、最も確かで最も純粋な思いの中に置くことができる。「寝ても覚めても思い続ける」人を冒涜したり驚かせたりせずにすむ。それはとても若い男性の初恋の情景だ。相手がおぼろげで遠いと、かえって「自分の」憂いの深さを知りたがる。少女の気持ちを問おうとする。

ここでふと、梅の花を思い出した。どの枝も、細い枝も太い枝も、淡い香りをはなっている。太陽の光が床と壁を淡い金色に染め、書棚の本としおりはみなおしゃべりしているようだ。壁の対聯は誰の言葉だったろう。真ん中のものは蘇東坡の詩だが。気持ちを静め、息も控え、つま先で立つ。細くて小さな体を書斎の中にはめ込み、夕日の輝きと揺れる花影を窓に見ると、何かを失ったようで、少しとまどう。「誰かを探すのを責めている」ようだ。まとまらない！　ロマン、極端なロマンだ。「飛び散った花は誰が掃くのか？」。思いは風のように咲き、渦を巻き、花の上にとどまる。振り返ると、花は微笑むだけで何も語らない。「こんなに美しい花の気持ちを誰がわかるのか」。沈黙を続けると、花の寂しさが心にしみる。花をいつくしみ、同情と詩情を花にささげよう！

これは「初恋」ではなく、「未恋」であり、「花の気持ちを理解する」ことを自覚する段階だ。情緒の相違は男と女の間だけではない。東洋と西洋の間にも大きな差がある。情緒そのものは同じであっても、情緒を象徴したり託したりするものが往々にして異なる。水と星は西洋の情緒とつながりがあり、たとえとしてよく使われる。星が一つまたたき、愁いを含んだ冷たい水が静かに谷川を流れていると、西洋人の詩情は波立つ。鵞毛ペンで、甘く熱い言葉を描き始めるのだ。「彼女の眼は夕暮れ時の星のようにきらめいている」とか「きらめいているあの星のように、夜空を照らしている」とか「青い水の流れの傍らで、彼女は何度も寂しげにこうべを垂れた」とか。花を惜しみ、花をわかるのは東洋的だ。自然に親しみ、細やかな心の綾を描くのは、東洋の伝統である。

年齢によっても違いが出てくる。愁いといっても、十六歳のそれは飛び跳ねて喜んでいるようにも見える。そよ風は吹いてはいるが、退廃しておらず、空虚でもない。希望に満ちて足を引きずっているのは、東洋も西洋も同じだ。人は年を取ると愁いが多くなり、心配事や文句で詩の活力を損ねることが多くなる。香山、稼軒、東坡、放翁のような大家が描く白髪や胡麻塩頭は、詩情を減じることは、少なくとも人を不快にさせることは、めったにない。話がそれてしまった。花を惜しむことについてだが、東洋では老いも若きも好むようだ。白髪で杖をついている老人も、愁いに眉を寄せている深窓の令嬢も、同じである。

最も人に惜しまれるのは、カイドウのような「春の赤い花」だ。きゃしゃで美しく、散って地面を赤く染め、共感と感傷を呼び覚ます。が、西洋には同じ花はあっても、私たちのような回廊で囲まれた庭園はない。「どれほど深いかわからないような庭」があってこそ、庭園特有の情緒が生まれるのである。もし李易安の「そよ風と小雨」が「固く閉ざされた庭」でなかったら、あれほど深い「寂しさ」はなかっただろう。李後主の「終日誰も来ない」も別の味わいを持っていただろう。花を見るには庭園を見て、その中で心を深め、窓や軒、手すりの慰めを吸収しなければならない。そんなに豪華なものでなくてもいいから。

当然、古詩には感傷がとても多い。まるで証券のようで、市場価格で兌換できる！　それゆえ、庭の花が赤く咲き乱れ、黄昏になって寂しさがあふれる、という詩句は誠実さを失ってしまうことが時々ある。西洋の詩は、恋愛をいつも前面に置いている。「忘却」するにせよ、「思い出す」にせよ、月も花も愛のため、すべてが真情だが、これはしつこすぎないだろうか。西洋の「月光」と私たちの「月色」をくらべると、「月色」のほうが味わい深いようだ。花については言うまでもない。私たちの花は「採集して花飾りを作り恋人に捧げる」ためのものではない。それ自体がしなやかで美しく、個性を持ち、自身を恋人の立場に置いて恋の歌を受け取るのである。

それゆえ「未恋」の対象は花であるのが最も自然であり、花を見て感慨にふけるのではない。十六歳の感慨は、花の気持ちがわかると自覚した、と言っているに過ぎない。清らかで語らぬものに心を託し、孤高の美しさに感動し、花に気持ちを動かす。これは花と恋愛しているのと同じだが、それもいい。その驚きと喜びは初恋に劣るものではない。遠くを眺めて、深く思い、……

一筋のクモの糸！　記憶もクモの糸と同じように梅の花から引き出されていく。びっしりとした網にはなっていないが、この詩情は十数年の気持ちをつなげているのだ。

午後の陽光は相変わらず斜めにさし、庭は静かで、影はまばらでくっきりしている。部屋の窓枠と梅の花はまるで絵のようだ。二筋のクモの糸は、冬では奇跡といってもいい。眺めていると、銀のようでもあり、ガラスのようでもあり、梅花の枝に斜めにかかっている。

〈一九三六年〉

〈九〉陸　小曼（りく　しょうまん）

＊一九〇三―一九六五、江蘇省武進生まれ。女性画家。エッセイや日記、翻訳も有名。

「小曼の日記」

今回帰ったのは無駄ではなかった。語り尽くせないほどの素晴らしさを、一つ一つあなたに伝えたい。ここ数日は一緒にいられなかったけど、あなたを思わない日はなかった。あなたを連れていけなかったのは残念だったけど、実際は連れていってもよかったと思う。彼女たちは早く床につき、私だけが眠れずにぼんやりしていたから、あなたを連れていってもいつものように一緒にいられたんじゃないかしら？　日記にあなたのことを書くのはとてもうれしい。話したいことがいっぱいありすぎて、どこから始めればいいかわからない。

あの日私たちのグループは西山のふもとで輿に乗り換え、大覚寺に向かった。十幾つの輿がまるで蛇のようにつらなって上がっていったけど、山道は歩きにくくて、海上で暴風に出くわした船のように輿は揺れた。私は輿に乗ったのは初めてだったが、あやうく転がり落ちるところだった。一・五キロほど進んで寺の近くまで来ると、白い山が見えるのみだった。まるで雪が降ったかのように白く、石や樹木もはっきり見えず、ふもとから頂上まで白一色だったので、とても不思議に思った。

明らかに暖かな春の日で、ジャケットを羽織って、夏近い暖かさをそよ風が運んでいるというのに、どうして目の前に雪山が現れたのか？　この疑問を解くためには、振り返って輿の担ぎ手に尋ねるしかなかった。「ちょっと、山の雪はどうして今でもまだ溶けていないの？」と。顔中に汗を流して進んでいる担ぎ手は、私の話を聞くと汗をぬぐいながら不思議そうに尋ねた。「お嬢さん、何を言ってるんですか？　今年の冬はいつもより暖かくて、山に雪は降りませんでした。どこに雪があるというんです？」と。そう言いながら彼らは周囲にいろいろ尋ねていたが、顔には驚きの表情を浮かべていた。私は焦って、思わず叫んだ。「あそこに真っ白の山があるじゃない。雪じゃなかったら何なの？」と。

私がまだ話し終わらないうちに、担ぎ手たちは大声で笑い出した。「都会のお嬢さんは何も知らないんだなあ！　アンズの花もわからず、雪だと言っている。五月や六月に雪が降るはずないでしょう」。何？　アンズの花！　担ぎ手たちはあきれて笑っていた。それには構わず、私は輿から跳び下りて一気に山を駆け上がって確かめてみたくなった。天下にこんな不思議な光景があるのか？　楽しさのあまり輿に乗っていることも忘れ、首を伸ばして前のほうを見ると、「お嬢さん、動いちゃだめです。輿がひっくり返ってしまいます」と焦った担ぎ手に注意された。揺れが続いて、谷川に放り出されそうになった。これでやっと私は正気を取り戻し、おとなしくじっと輿に座っていることにした。

山に登ろうにも道がない。担ぎ手たちは一歩ずつこの石からあの石へと跳び移っていった。担ぎ手が目をそらさなかったのは言うまでもないが、輿に乗っている私たちも息もつげなかった。二本の手に力を入れて輿の手すりにつかまり、担ぎ手の二本の足をじっと見つめていた。彼らが足を踏み外して谷川に転げ落ちてしまうのが心配だったのだ。その時はみんな自分の命が心配で、眼前の得難い美景には目もくれなかった。

石山の頂を越えて平らな所に出た。細くて曲がりくねった道を行くと大覚寺のふもとにつく。両脇はすべてアンズの木で、人一人通れるくらいの曲がりくねった小道以外は、山頂まで一面樹木だった。時は五月、まさにアンズの花が満開に咲く頃だったので、遠くからは雪山に見えたのだ。近寄ってやっと一つ一つの花が見られたが、枝も見えないほどびっしり咲いていた。

私たちは木陰をゆっくり登っていった。そよ風が花の香りを運んできたが、何とも言えない甘い香りだった。摩さん、この世にこんな美しいところがあるとは思わなかったわ。神仙の住む場所もここには及ばないでしょう。その時は私はろくに前へ進めなかった。左をまわったり右をまわったり、周囲に見えるのは花だけだった。振り返ると後ろの人がゆっくり登ってくるのが見えた。まるで夢の中にいるようで、もう一人ではないと感じた。

このような場所は私たちのように汚れたものには全くふさわしくない。あの雪のように白い花！　何の穢れもないほどに白く、どこにこの世の汚さがあるというのか？　私は一気に山頂まで駆け上がり、一番高いところに立って、気を落ち着けて下のほうを見た。ああ、摩さん、何が見えたと思う？　そのとき見えた素晴らしい景色を描写する文章力がないのが恨めしい！　本当に美しかった！　上から下まで、斜めのほうまで、白一色、向かいの山坂から夕日に照らされ、かぎりなく鮮やかで麗しかった。体全体で花の間を転げまわりたくてしかたがなかった。でも、そうするとピンクの柔らかな花びらを押しつぶしてしまう。山のふもとには青緑の草原が広がり、茅葺の家が数軒あって、犬がほえる。目の前に展開する農村の風景は、かぎりないやさしさを漂わせていた。私は自分を忘れ、すべての悩みを捨て去り、大きく深呼吸をして、新鮮で甘い香りを体いっぱい吸い込もうとした。そうして五臓の汚れを洗い、新しい人間に生まれ変わろうとした。すべてを捨て去り、永遠にこの場所に隠れ、俗世間の人には二度と会いたくなかった。そうよ、摩さん、あなたのことさえ忘れてしまったの。一人でずっと立ちつくし、友達に呼ばれるまで気づかなかった！

一日の疲れで、夜になると、みんなぐっすり眠っていた。でも私はあなたを思って眠れなかった。明月が網戸から私を誘うように照らし、一人で庭まで歩いていった。白一色で、月光に照らされたアオギリの葉の影が地面で揺れていた。朝露にぬれて冷えることも恐れず、夜風で体が震えるのにも構わず、私は寺の門から駆け出した。スズメが二、三羽、驚いて林の中に飛んでいった。目をよく開けて見ると、寺の前にはアンズの林が広がっていたのだ。とたんにかぐわしい香りが漂ってきた。それはバラのようでもなく、ビャクランのようでもなく、私は酒に酔ったような気分になった。私はゆっくりとその中にひたりこみ、足から力が抜けていった。ぼうっとした耳に鳥の清らかなさえずりが聞こえてきた。まるで歌のようだ。孤独な私の影を笑っているのだろうか。酔わせるような花の香りが、すがすがしさと共に、再び私の鼻に入り込んできた。月は見えたり隠れたりしていた。雲の隙間から顔を出して、雪のように白い花の隙間にいる私をこっそり見ているようだった。どうして恋人と一緒じゃないの、と尋ねているようでもあった。

悩ましい春の色は、私にあなたを真に思い出させ、寂しさをもたらした。思わずつる草の上に横たわって、軽くあなたの名前を呼んだ。聞こえた？　夢うつつの状態がどれだけ続いただろう。心の中ではあなたを思っているだけだった。突然、あなたの活発な笑い声が、真珠のように耳元で響いたような気がした。「曼ちゃん、来たよ」と。あなたの大きな手が、しっかりと私の手を握って口元へ運び、あなたのわんぱくな笑顔が、そっと私の頬にキスをしたような気がした。私は驚いて、息もできなかった。本当に戻ってきたの？　あわてて目を開けると、あなたの影さえもない。体の周りには何もない。再び下を見て気がついた。私の右の手が知らぬ間に私の左の手を握り、花がいくつか体の上に落ちていたのだ。花びらが頬に触れたのを、あなたがキスをしたのだと感じたのだろう。おかしいわ！　夢幻を真に受けるなんて！　味気なく思って、立ち上がり、花の咲いた枝を数本折って気を紛らわせた。力を入れて引っ張ると、花びらが何枚か落ちてきて、体にあたった。林の中にいた鳥は風が吹いたとでも思ったのか、鳴き声をあげてそこら中を飛び回った。美しくて静かな月の夜だったが、あなたがいないのでわびしくなった。どうしてあなたをとどめておかなかったのだろう？　帰らせてしまったのだろう？

〈一九二五年五月十一日〉

〈十〉蕭　紅（しょう　こう）

＊一九一一―一九四二、黒龍江省ハルビン生まれ。
中華民国四大才女の一人。一九三六年日本に留学。
代表作「生死場」など。

「呼蘭河伝」（抜粋）

第三章

《一》

呼蘭河という小さな町に私の祖父は住んでいた。

私が生まれた時、祖父はすでに六十を過ぎていたので、五歳のころは七十に近かっただろう。

私の家には大きな花園があり、ハチ、チョウ、トンボ、バッタなどの様々な昆虫がいた。チョウには白いのと黄色いのがいたが、あまり見栄えは良くなかった。見栄えが良かったのは大きな赤いチョウで、それは全身に金色の粉をまとっていた。

トンボは金色で、バッタは緑色。ハチはぶんぶんと飛び、全身に細かな毛が生えていた。花にとまると、丸まって動きを止め、まるで小さな毛玉のようだった。

花園の中は光がきらめき、赤や緑が、新鮮で美しかった。

この花園は以前は果樹園だったらしい。祖母が果物好きだったので果樹を植えた。祖母は羊を飼うのも好きだったが、羊が果樹をかじり、果樹は死んでしまった。私が物心ついたころには、園にはサクランボの木一本とスモモの木一本しか残っていなかった。サクランボもスモモもあまり実を結ばなかったので、印象に残っていない。子供のころ果樹園にニレの大木があったことだけが印象に残っている。

このニレの木は園の北西のすみにあった。風が吹くと、まずこのニレの木が鳴り、雨が降ると、まずこのニレの大木がけぶった。太陽が出ると、ニレの大木の葉が光った。砂浜の上のカラスガイの殻のようにまたたいていた。

祖父は一日中園の後部にいたので、私も祖父と一緒に園の後部にいた。祖父は大きな麦わら帽子をかぶり、私は小さな麦わら帽子をかぶり、祖父が花を植えると、私も花を植え、祖父が草を抜くと、私も草を抜いた。祖父が白菜の種を植えた時、私はあとについて、祖父が植えたところを足でならしていた。正確にならすことなどできず、むちゃくちゃだった。種に土が被らなかっただけではない。種を蹴飛ばしてしまったこともある。

白菜は生長がとても速い。数日で芽が出て、あっという間に食べられるようになった。

祖父が鋤で土を掘り起こすと、私も鋤で土を掘り起こそうとした。私は小さくて鋤の柄が動かせなかったので、祖父は柄を抜いて金具の部分だけ渡し、私に「鋤」で作業をさせた。実際は作業などできず、土の上を引きずり、引っ掻き回しただけだった。どれが苗でどれが草かもわからなかったので、ニラを野草だと思って取ってしまったり、エノコログサをアワの穂だと思って残しておいたりした。

私が「鋤」で作業をしたエノコログサだらけの所を見つけて、祖父は「これは何だ?」と尋ねた。

私が「アワよ」と答えると、祖父は大笑いした。たっぷり笑ってから、祖父はエノコログサをむしって「おまえが毎日食べているのはこれなのか?」と私に尋ねた。私は「そうよ」と答えた。

祖父が笑い続けているのを見て、私は「信じないのなら、部屋の中から持ってきておじいちゃんに見せてあげるわ」と言った。

私は部屋の中に走って行って鳥かごの上に置いてあったアワの穂を一束つかみ出し、祖父の方にほうり投げた。そして、「同じじゃないの?」と言った。

祖父はゆっくりと私を呼び寄せ、アワには「のぎ」があるがエノコログサにはない、と話して聞かせた。

祖父が教えてくれたのに、私は細かいところを見ようともせず、いいかげんにうなずいただけだった。

頭を上げると生長したキュウリが見えたので、走っていってもぎとった。私はキュウリを食べようと思ったのだ。

キュウリを食べ終わらないうちに、大きなトンボがそばを飛んでいくのが見えたので、キュウリをほうり捨てて、トンボの後を追いだした。トンボはとても速く飛んでいたので、追いつけるはずがない。最初から無理だとわかっていたのかもしれないが、数歩追うとあきらめ、また別のことをやりに行った。

カボチャのしべを摘み取り、緑色のバッタを捕まえて、糸で足を縛った。しばらくすると、足がもげてしまったのか、糸には足が一本残っただけで、バッタはいなくなった。

遊び飽きると、また祖父の所に駆けていき、騒いだ。祖父は野菜に水をやっていたが、私もひしゃくで水をやり出した。不思議なことに野菜に水をやるのではなく、ひしゃくを力いっぱいふりまわして、空へ向かって水をまき、「雨だ、雨だ」と大声で叫んだのである。

園では太陽は特別に大きく、空は特別に高かった。降り注ぐ陽光は、目も開けられないほど明るかった。ミミズも土の中から出てこられず、コウモリも暗い場所から飛んでこられないほどだった。

太陽の下にあるものはすべて、健康で美しい。大木をたたけば響き、何かを叫べば向かいの土塀が答えを返すようだ。

花は眠りから覚めたように咲き、鳥は天に向かうように飛び、虫は話をするように鳴く。すべてが生きかえり、無限のエネルギーを有し、やりたいようにやる。

なりたいようになる。すべて自由だ。カボチャのつるは棚を上がりたければ、棚を上がるし、家の壁を上がりたければ、家の壁を上がる。キュウリは花を咲かせたければ花を咲かせるし、実を結びたければ実を結ぶ。何も望まなければ、実も結ばないし、花一つ咲かせない。でも誰も何も言わない。

トウモロコシは望むだけ高くなる。天まで届きたいと思っても、誰もあれこれ言わない。チョウは好きなように飛ぶ。塀の上から一対の黄色の蝶が飛んできた。少し経つと、塀の上から白い蝶が一匹飛んできた。誰の家から来て誰の家へ行くのか？　太陽も知らない。ただ青々とした空が、高く、遠いだけ。

でも白い雲が来たら、違う。大きな白い雲のかたまりは、銀の花をまくように、祖父の頭の上を通り過ぎる。祖父の麦わら帽子を押さえつけるみたいに。

遊び疲れると、家屋の下の日陰の涼しいところで眠る。枕も筵もいらない。麦わら帽子を顔にかぶせて眠る。

《二》

祖父の眼は笑みがこぼれるようだった。祖父はいつも子供のように笑った。

祖父は背が高く、体も健康だった。いつもつえを持っていた。口にキセルをくわえ、小さな子供に出くわすたびに、「見てごらん。空に雀が飛んでるよ」と冗談を言うのが好きだった。

子供が空を見上げると、さっとその子の帽子をもぎ取り、自分の長いシャツの下や袖口の中に隠した。そして子供に「雀が君の帽子をくわえて飛んで行ったよ」と言った。

子供たちはみな祖父のこの手口を知っていたので、何も不思議に思わず、祖父の足を抱き抱え、帽子をせがんだ。自分の帽子を見つけるまで、祖父の服の袖をさわったり、襟をめくったりした。

祖父はしょっちゅうこれをやっていたが、帽子はいつも同じところに隠していた。袖口と襟の下だ。

祖父の服を探っていた子供たちは、いつも同じところに帽子を見つけた。「ここに隠したから、探せ！」という約束ができているみたいに。

何度同じことをやったか分からない。「山に登って虎を退治した」という話をおばあさんが子供にずっと聞かせているみたいだった。たとえ五百回聞いても、子どもたちは拍手し、「すごい！」と叫んだだろう。

これをやるたびに、祖父は子供たちと一緒に笑いころげた。まるで初めてやったみたいだった。

他人がこれを見ても、笑った。祖父の手口がいいから笑ったのではなく、毎日同じやり方で子供の帽子をもぎ取るのがおかしかったのだろう。

祖父は経済のことは得意ではなかったので、家のことはすべて祖母が切り盛りしていた。祖父は一日中気ままにぶらぶらしていただけだった。私は自分が三歳にまで成長したのはよかったと思っている。そうでなければ、祖父はどれほどさびしかっただろう。私は歩くことも走ることもできる。私が動かないときは、祖父は私を抱っこした。歩く時は手を引いた。毎日晩まで、外でも中でも、そばを離れなかった。祖父はだいたい園の後部にいたので、私も園の後部にいた。

子供のころ、私は遊び相手がいなかった。母の最初の子供だったから。

私は物心がつくのが早かった。三歳の時、祖母が針で私の指を刺したのを覚えているので、祖母はあまり好きではない。私の家では、窓に紙をはりそこにガラスをはめ込んでいた。祖母は潔癖だったので、自分の部屋の窓紙にはいちばん白くてきれいなものを使っていた。誰かが私を抱っこして祖母のオンドルの上に乗せると、私はすぐに走り回った。窓の所まで来ると、格子に張ってある白くてきれいな紙を指でつついて穴を数個開けた。誰もとめなかったみたいなので、穴を一列に開けた。誰かが呼んでいるのに気づいたので、急いでさらにいくつか穴を開け、やっとやめたのである。指が窓紙にふれると、紙が鼓のようにふくらみ、破れる。破れば破るほど得意になっていった。祖母が私を追ってやってきた時も、私は得意げに笑って拍手し、飛び跳ねていたのである。

ある日祖母が私を見にきた。祖母は大きな針を持って窓の外側で私を待っていた。私が手を伸ばすと指に激痛が走った。私は叫んだが、それは祖母が針で私を刺したのである。

この時から、私は祖母が嫌いになったのだと記憶している。

私に飴をくれたり、咳が出た時に食べていた豚まめと焼いたセンバイモの中の豚まめを私にわけてくれたりはした。でも豚まめを食べても私は祖母が嫌いだった。

祖母の死の前、病気が重かった時、私は驚かせたことがある。ある時、祖母は一人でオンドルに座って薬を煮込んでいた。薬を煮る壷は炭火の上に置いてあった。特別静かだったので、ぐつぐつと煮える音が聞こえていた。たまたま、部屋の中も外も祖母ひとりだけだった。私がドアを開けても祖母は私の方を見なかったので、私はこぶしで板壁をドンドンと二回たたいた。祖母の「わあ」という声が聞こえ、鉄の火ばさみが地面に落ちた。私が再びのぞき込むと、祖母は私を罵りだした。私を追いかけてきそうな気がしたので、私は笑いながら、逃げた。

私がこうして祖母を驚かせたのは、別に仕返しをしたわけではない。当時はまだ五歳で何もわからなかった。面白いと思ったのかもしれない。

祖父は一日晩までぶらぶらしていた。祖母は何の仕事も祖父にやらせなかった。ただ祖母の錫の器のセットは祖父がいつも拭いていた。祖母が祖父にやらせていたのか、祖父が望んでやっていたのか、私は知らない。ただ、祖父が拭いていると、私は不機嫌になった。一つは祖父に園の後部へ遊びに連れていってもらえなくなるから。もう一つは、仕事がのろいだの、きれいに拭けていないだの、祖父が祖母によく罵られたから。祖母は祖父を罵るとき、なぜか私も一緒に罵った。

祖母が祖父を罵ると、私はすぐ祖父の手を引っ張って外に連れていき、「一緒に園に行こう」と言った。

これが祖母が私も罵った理由かもしれない。

祖母は祖父を「うすのろ」と罵り、私を「小さなうすのろ」と罵った。

私は祖父を園の後部まで引っ張っていった。園の後部につくと、そこは別世界だった。家の中の狭い世界では決してなかった。とても広くて、人と天地が共にあった。天地はどれほど大きく、どれほど遠かっただろう。手では空をなでることはできず、土地には植物が勢いよく茂っていた。見ても見渡せない。鮮やかな緑が広がるばかりだった。

園の後部に着くと、私はむやみに走り回った。まるで何かを見つけたかのように。あるいは何かが私を待っていたかのように。実際、私には何の目的もなかった。園の中のすべてのものが生きているように感じられ、私の足は飛び跳ねざるを得なかったのだ。

祖父は私が疲れてしまうのを心配して、やめるよう声をかけた。が、やめさせるのは無理だった。祖父が声をかければかけるほど、私は言うことを聞かなくなっていった。

本当に疲れて動けなくなると、座って休んだが、それもすぐ終わった。つるからキュウリをもぎ取って食べ、食べ終わったら休みも終わった。

そして、再び走り回った。

サクランボの木には、明らかにサクランボはなっていなかったが、私は木に登ってサクランボを探した。スモモの木は半死の状態で、スモモはならないはずだったが、私はスモモを探しに行った。探しながら、大声で祖父に「おじいちゃん、サクランボの木にどうしてサクランボがないの？」と尋ねた。

祖父は離れたところから、「花が咲いていないから、サクランボがならないんだ」と答えた。

私が「どうしてサクランボの木には花が咲いてないの？」と尋ねると、祖父は「おまえが食いしん坊だから、花を咲かせないのさ」と言った。

それを聞くと、からかわれているのがわかったので、私は怒ったような様子で祖父のところへ飛んでいった。祖父に全く悪意のないまなざしで見られると、私はすぐ笑い出した。しばらくの間笑っていたが、いったいどこからそれだけの楽しさがこみ上げてきたのだろう。園の後部は私にかき乱されているかのようだった。私の笑い声はどれほど大きかったか！　自分の耳が震える感じさえした。

園の後部にバラの木が一本生えていた。五月になると花が咲き、六月まで咲いていた。花は醤油皿と同じくらいの大きさだった。木全体に花は茂っていた。花の香りがミツバチをいっぱい呼び寄せた。ミツバチはバラの木の周りをブンブン飛び回っていた。

他のことすべてに遊び飽きると、バラの花を摘むことを私は思いついた。麦わら帽子を脱いで、摘んだバラをそこに盛った。摘んでいるときは、こわいことが二つあった。一つめはハチに刺されること。もう一つはバラのとげで手を刺してしまうこと。やっとのことで一盛り摘んだが、そのあと何をしたらよいのかわからなかった。ふと、奇想天外にも、これらの花を祖父にかぶせたらどんなにきれいだろうと思ったのである。

祖父はしゃがんで草を抜いていたが、私は近づいて花をかぶせた。祖父は私が自分の帽子をいじっているのは知っていたが、いったい何をやっているのかはわからなかったようだ。私は二、三十の真っ赤なバラの花を、祖父の麦わら帽子のつばに挿していった。笑いながら挿していくと、祖父が「今年の春は雨がいっぱい降ったから、うちのバラはこんなに香りが強いんだ。一キロ先でもにおうぞ」と言うのが聞こえた。

私は笑いのあまり震え出し、それ以上挿し続けることができなくなった。挿し終わっても、祖父は何も気づかずうねの草を抜き続けた。私はあえて祖父のそばではなく、離れたところまで走っていって、祖父を見た。そして笑い出した。私は食べ物を取りに家の中に入った。まだ園に戻らないうちに祖父も家に入ってきた。

入るや否や、頭いっぱいの真っ赤な花を祖母が見た。祖母は何も言わず大笑いした。父と母も笑い出した。最も笑ったのは私で、オンドルの上を転げまわって笑っていた。

祖父は帽子を脱いで、見た。「バラの香り」は今年の春の大雨が原因ではなく、花が頭の上にあったからなのだった。

祖父は帽子を置いて、十分以上笑い続けた。しばらくたって思い出し、また笑った。

祖父が忘れたのかもしれないと思って、私はそばで「おじいちゃん……今年の春は雨がいっぱい降ったね……」と言った。

そう言うと、祖父は笑い出した。私もオンドルの上を転げ回り始めた。

こうして一日一日が過ぎていった。祖父、園の後部、私、三つのどれが欠けてもだめだった。

風が吹き、雨が降ると、祖父はどうだったか知らないが、私はとても寂しくなった。行くところもなく、遊びたくても遊べず、一日がとても長く感じられたのである。

〈一九四〇年〉

〈十一〉陸　蠡（りく　れい）

＊一九〇八―一九四二、浙江省天台生まれ。
エッセイスト、翻訳家。
代表作「海星」。

#「緑囚記」

それは去年の夏のことだった。

私は北平（北京の旧称）のアパートに住んでいた。部屋は小さく、湿った地面にレンガが敷いてあり、壁と天井には紙が貼ってあった。木の格子をはめ込んだ窓が二つあり、窓には紙のブラインドがついていた。これは南方ではめったに見られないものだ。

窓は東向きだ。北方の夏は夜明けが早く、午前五時ごろに太陽が私の小さな部屋を照らし、畏るべき光線を部屋いっぱいに射し込む。十一時になると立ち去るが、炎熱を感じさせる。このアパートには空き部屋がいくつかあり、私には選択する自由もあった。だが、結局私はこの東向きの部屋を選んだ。私は喜びと満足の気持でこの部屋を占拠していたのだが、それにはささやかな理由がある。

この部屋の南側の壁に、小さな円窓があった。窓は丸かったが、六角形のガラスがはめ込んであり、その下部は割れていたので、手を自由に出し入れできるくらいの隙間があいていた。円窓の外側にはキヅタが茂っていた。太陽がその茂った枝葉を照らし、私の部屋に入り込むと、緑の影ができた。私はこの緑の影が気に入ってこの部屋を選んだのである。

アパートのボーイが私のスーツケースを持って、私を連れてこの部屋に入った時、その緑の影が目に入った。一種の喜びを感じて、ためらうことなくこの部屋に決めたのだが、あまりのきっぱりさにボーイは驚いていた。

緑はどれほど貴重なものだっただろう！　それは生命であり、希望であり、慰めであり、快楽だった！　私は緑を思い、待ち焦がれていた。透明な水と草の緑を見るのが好きだった。灰色の都会の空と黄色の平原に疲れ、小さな水たまりの魚が雨水を待ち望むように、私は緑に恋い焦がれていた。一枝の緑は至宝だったのである。部屋に落ち着くと、小さな台を円窓の下に置いて、壁や小窓と向き合えるようにした。ドアはいつも開いていたが、誰も訪ねてこなかった。この古い都市では私は孤独で知り合いもいなかったから。でも寂しくはなかった。それまでの疲労と不快を忘れ、丸い穴を望み、緑の葉と対話した。私は自然の声なき声がわかった。自然も私の言葉を理解したのと同じに。

私は快活に窓の前に座った。一か月、二か月が過ぎ、私はこの緑から離れられなくなった。砂漠を行く人がオアシスを見た時の喜びを、海を航海する冒険家が草花の茎や葉が漂ってきたのを見た時の喜びを、私は理解し始めた。人は自然の中で生長するが、緑は自然の色なのだ。

私は毎日窓のキヅタの生長を見ていた。どうやって柔らかなまきひげを伸ばすか、どうやってロープをつたってよじ登っていくか、どうやって若葉が開いていくのか、緑が徐々に色を増し、また老いていく。繊細な葉脈と若芽を細かに観賞した。苗を引っ張って生長を助けてやりたいくらいの気持ちだった。はやく伸びろ、はやく緑に茂れ、と待ち望んでいた。雨がしとしとと降り、その中で緑が舞うのを楽しんだ。

手前勝手な考えが突然私を動かした。私は割れた窓から手を伸ばし、みずみずしいつるを二本、部屋の中に引っ張ってきたのである。文机の上までのばせば、緑がいっそう身近になると思ったのだ。緑で自分の粗末な部屋を飾り、憂いに満ちた気持ちを飾ろうと思った。緑を青々と茂った愛や幸福にたとえ、元気盛んな年ごろにたとえようとした。小鳥をとらえる気持ちで緑をとらえた。声なき歌を歌ってくれることを期待して。

緑のつるは私の机の前に垂れ、以前と同じく生長し、へりをよじ登り、若葉を開かせた。外よりはやいくらいだった。私は一種の「生の喜び」を見出した。それはいかなる喜びをも超えるものだった。以前田舎のわらぶき小屋に住んでいたことがある。小屋の中の地面に土を敷いたばかりだった。私のベッドの下で除去されていない草の根から柔らかな緑の芽が伸び、部屋のすみではキノコが生長し出した。私は取り除くに忍びなかった。その後友人が談笑しながらこれらの野草を抜いていった。心の中で私は惜しみ、「よけいな事をした」と彼を責めた。

しかし、毎朝起きてこのとらわれの「緑の友」を見ると、その先端はいつも窓の外へ向いていた。細かな葉一枚、まきひげ一本でさえ、もとの方向へ向いていた。植物はなんと頑固なのだろう！　私の愛と善意がわからないのだ。永遠に陽光へ向かって生長していくこの植物のことを、私は不快に思った。私の自尊心を傷つけたからだ。だが、私がひもで縛ると、再び柔弱な枝葉を私の机の前に垂らした。

それは徐々に青々とした色合いを失い、黄緑へ、黄色へと変わっていった。枝も細り、弱々しくなっていった。まるで病気の子供のようだった。天空の下の植物を暗い部屋の中に閉じ込めるという自分の過ちが、だんだん許せなくなっていった。その頑固さや冷たさに一度は怒り、部屋の中にとらえはしたが、私はこの病で損なわれた枝葉がだんだんかわいそうになっていった。「ある考え」がひらめいた。

私はもともと七月の終わりに南方に帰る予定だった。私は自分の帰る日取りを考え、その日を「緑の囚人」の出獄の日とした。私がここを離れるときに、自由を取り戻すことになるわけだ。

盧溝橋事件が発生し、私を心配した友人が早く南方に帰るよう催促してきた。私は計画を変更せざるを得なくなった。七月中旬になると、戦火の迫るこの古い都にはいられなくなった。列車が数日途絶え、私は毎日発車の情報に注意していた。ついに、ある日の朝出発することになった。部屋を出るとき、ずっと暗闇に屈服しなかったこの囚人を、私はうやうやしく釈放した。黄色くやせ細った枝葉をもとの位置に戻し、誠意を込めて祝福を述べ、青々と茂るよう願ったのである。

北平を離れて一年になる。円窓と緑の友人を私は懐かしく思っている。ある日、再会したら、彼らは私のことを覚えているだろうか?

〈一九四〇年〉

編訳者紹介

多田 敏宏（ただ としひろ）

1961年、京都市に生まれる。
1985年、東京大学法学部卒業。
2006年から2017年まで中国の大学で日本語を教える。
訳書『わが父、毛沢東』『ハイアールの企業文化』『中国は主張する』など。

中国、花と緑のエッセイ

2018年7月24日　第1刷発行

編訳者　多田敏宏
発行人　大杉　剛
発行所　株式会社 風詠社
〒553-0001　大阪市福島区海老江5-2-2
大拓ビル5-710
TEL 06（6136）8657　http://fueisha.com/
発売元　株式会社 星雲社
〒112-0005 東京都文京区水道1-3-30
TEL 03（3868）3275
印刷・製本　シナノ印刷株式会社

ISBN978-4-434-24917-4 C0098